KB142593

수상한 고물상,
행복을 팝니다

수상한 고물상, 행복을 팝니다

(청소년 성장소설 십대들의 힐링캠프, 행복)

[십대들의 힐링캠프®] 시리즈 NO.07

지은이 | 이서윤
발행인 | 김경아

2016년 11월 11일 1판 1쇄 발행
2017년 3월 7일 1판 2쇄 발행
2018년 11월 13일 1판 3쇄 발행
2024년 4월 19일 1판 4쇄 발행(총 8,000부 발행)

이 책을 만든 사람들
책임 기획 | 김경아
북 디자인 | 김효정
교정 교열 | 김솔
경영 지원 | 홍종남
표지 일러스트 | 이승열

종이 및 인쇄 제작 파트너
JPC 정동수 대표, 천일문화사 유재상 실장, 알래스카인디고 장준우 대표

펴낸곳 | 행복한나무
출판등록 | 2007년 3월 7일, 제 2007-5호
주소 | 경기도 남양주시 도농로 34, 301동 301호(다산동, 플루리움)
전화 | 02) 322-3856 팩스 | 02) 322-3857
홈페이지 | www.ihappytree.com | bit.ly/happytree2007
도서 문의(출판사 e-mail) | e21chope@daum.net
내용 문의(지은이 e-mail) | yminlcc@naver.com
※ 이 책을 읽다가 궁금한 점이 있을 때는 지은이 e-mail을 이용해 주세요.

ⓒ 이서윤, 2016
ISBN 978-89-93460-80-3
"행복한나무" 도서번호 : 091

※ [십대들의 힐링캠프®] 시리즈는 "행복한나무" 출판사의 청소년 브랜드입니다.
※ 이 책은 신저작권법에 의거해 한국 내에서 보호를 받는 저작물이므로 무단 전재 및 복제를 금합니다.

수상한 고물상, 행복을 팝니다

| 이서윤 지음 |

작가의 말

나는 부러운 사람이 참 많았다. 특히나 청소년 시절에는 부러운 사람이 더욱 많았다. 내가 처한 상황이 실제로 불행해서였을까, 만족을 못해서였을까. 그것도 아니면 감정을 다루어 본 적이 없어서였을까. '불행'은 실제로 그렇게 느껴서가 아니라 자신의 감정을 잘 다루지 못해서 더 많이 느낀다.

아마도 감정의 쓰나미 시기인 청소년 시절, 나는 감정을 제대로 다루지 못했던 것 같다. 감정이야말로 가장 '쓸데'가 없는 '사치스러운', '털어 버려야 할' 먼지 따위로 여겼다. 공부하는 데 방해만 되고 괜한 자기반성에 미래 걱정만 하게 한다고 생각했다.
퇴화하는 것은 순식간이다. 생각하지 않으려고 애쓰다 보면 생각하지 않게 되고, 즐거움을 느끼지 않으려고 애쓰다 보면 즐거움도 사라진다.

　그렇게 청소년 시절을 보냈던 것 같다. 감정은 최대한 배제한 채, 쾌락은 최대한 미룬 채, 생각은 최대한 아낀 채, 시험 점수를 잘 받으려고 열심히 공부하는 무식하기만 한 학생으로 지냈다.

　청소년 시절, 내가 불안함을 느끼고 남들을 부러워하면서 보냈던 이유는 아마도 정신적 방황을 덜 했기 때문이지 않나 싶다.

　이 책에 나오는 다섯 명의 친구들 모습은 부러운 것이 많고, 나만 힘든 것 같고, 내 마음대로 되는 것이 하나도 없고, 미래는 불확실했던 청소년 시기의 내 모습과 닮았다. 누구나 생각한다. 내가 원하는 모습의 어떤 사람이 되었으면 좋겠다고 말이다.

그런데 말이지. 세상에는 온전하게 행복하기만 한 사람은 있을 수가 없더라.

밤마다 나는 상상 속 거리를 헤매는 미아가 되어 주인공과 함께 고심했다.

미아가 되는 것이 힘들지만은 않았다. 잘 헤매다 보면 더 많이 구경할 수 있고, 운이 좋으면 목적지를 발견할지도 모르니까 말이다.

그러니 방황해야 한다. 10대 시절의 방황은 다른 나이 대의 방황과는 또 다를 것이기에…….

혼돈은 공기와 같지만 방황해 보지 않는 자는 숨 쉬고 있다는 사실조차 모르기 때문이다.

여기서 방황은 무조건 반항하고 집을 뛰쳐나가라는 말이 아니다. 많이 생각하고 고민해 보라는 것이다. 그러다 보면 행복해지는 방법도 찾을 수 있을 것이다.

이 책에서는 쉴 새 없이 시점이 이동한다. 고심의 1인칭 시점에서 시작하여 왕건희, 이진리, 김민희, 성아름까지 각 인물의 1인칭 시점으로 진행하다가 전지적 작가 시점으로도 바뀐다. 모쪼록 독자 여러분도 책 속 다양한 인물이 되어 함께 '수상한 고물상 여행'을 떠났으면 좋겠다.

10대, 행복을 찾는 방황을 권하는 마음으로

이서윤

차림표

고물상집 딸, 고심이

도대체 언제부터인지 모르겠다. 나에게 이상한 일이 일어나기 시작한 것이 말이다. 아기 때부터 예민한 나 때문에 밤마다 엄마가 잠을 제대로 주무시지 못했다는 것, 기저귀도 자주 갈아 주어야 했다는 것, 다른 사람의 손은 절대 타지 않으려고 했다는 것 등은 익히 들어 잘 알고 있다.

그래도 지금처럼 이 정도로 예민하지는 않았던 것 같다. 최근 들어 남들은 잘 느끼지 못하는 이상한 느낌도 곧잘 들고, 꿈도 자주 꾸었다. 그리고 내가 겪고 있는 현실들도 익숙하게 느껴졌다. 이미 어디에선가 미리 인생 연습을 하고 온 느낌이랄까, 꿈으로 꾸었던 장면인 것 같은 느낌이랄까.

하지만 이런 느낌은 쓸데없다. 남들의 미래를 점칠 수 있을 만큼 예지력이 있는 것도 아니고, 미래에 어떤 일이 일어날지 알 수 있을 정도로 기억도 명확하지 않기 때문이다. 단지 익숙한 느낌, 그것 하나였다.

나는 고물상을 운영하는 아빠와 단둘이 살고 있다. 성은 고, 이름은 심(心). 고심해서 이름을 지은 것은 아니지만 마음을 중요시한다는 아빠의 인생철학에 따라 나는 고심이 되었다. 아빠의 이름은 고생. 태어나자마자 죽을 뻔한 위기를 거쳤다던 아빠는 살아 있는 것 자체가 기적이라고 해서 이름이 생(生)이 되었다. 하필 성이 고씨라 평생 고생만 하고 사는 것 같다.

할아버지가 하던 사업이 부도가 나면서 아빠의 고생은 시작되었다. 아르바이트로 겨우 대학을 졸업했지만 하필 IMF가 닥치면서 조그마한 회사에 겨우 입사했다. 그러다 그 회사에서 사무직 경리로 일하던 엄마를 만나 결혼했다. 하지만 아빠는 회사를 몇 년 다니다 그만두었다. 그 후 취업 시장을 전전하던 아빠는 결국 사업도 말아먹고 할아버지가 조그맣게 차린 고물상을 물려받았다.

할아버지는 나름대로 고물상을 잘 운영했다. 하지만 성격이 고집불통인 아빠는 할아버지가 잘 유지했던 거래처와 관계를 다 끊어 버렸다. 결국 돈 안 되는 고철들만 겨우 가져오는 가난한 고물상이 되고 말았다.

엄마 기억은 그다지 많지 않다. 엄마가 항상 한숨처럼 내쉬던 "사람은 어떻게든 살아지더라." 하는 말만 기억이 난다. 엄마는 나름대로 성실한 아내이자, 며느리이자, 내 엄마였다. 적어도 내 기억에는 말이다.

결론적으로 엄마는 바람난 여자이다. 고물상을 지나가던 아저씨가 엄마 미모에 반해 작업을 걸기 시작했단다. 아빠의 무뚝뚝함과 가난에 지쳐 있던 엄마는 그렇게 꾹꾹 참고 살다가 결국 도망을 가고 말았다.

그때 나는 버려진 것이다. 하지만 나는 엄마에게 별 감정이 없다. 반면에 아빠는 하루에도 몇 번씩 엄마 욕을 해 댄다. 자식을 생각한다면 그 자식을 버리고 간 엄마 이야기를 되도록 피해야 하는 것이 정상 아닌가. 아마 아빠는 원망의 감정을 스스로 주체하지 못했거나 자식의 마음까지 돌아볼 만큼 성숙하지 못했던 듯하다.

엄마 욕을 한다는 것은 아직도 엄마가 보고 싶다는 의미일 수도 있다. 죽도록 원망스럽다가도 그 원망의 정점을 찍고 나면 무관심으로 돌아서는 것이 사람 감정이다. 무관심하지 못하다는 것은 배신감이 엄마를 좋아했던 아빠의 마음을 아직도 몽둥이질한다는 말이기에……. 그리고 이것은 이런 의미이기도 하다.

엄마에게 별 감정이 없는 내가   엄마 욕을 해 대는 아빠가
엄마를 미워하는 마음   >   엄마를 미워하는 마음

그렇다. 엄마에게 별 감정이 없는 것은 엄마를 향한 미움이 고개를 들 때마다 일부러 지워 버렸기 때문이다. 안 쓰는 신체 기관은 자연스럽게 퇴화하는 것처럼 엄마를 향한 그리움도 그렇게 퇴화되어 갔다. 엄마가 있는 친구들이 잔소리 많은 엄마 때문에 스트레스를 받는다고 징징댈 때마다 어렴풋하게 떠오르는 예쁘장한 엄마 얼굴을 마음속에 묻어 버리려고 얼마나 애썼는지 모른다.

아빠는 고물상을 하지 말았어야 했다며 후회한다. 고물상을 하지 않았으면 무얼 하고 먹고 살았을까. 여전히 똑같이 가난했을 것이고, 역시나 엄마도 집을 나갔을 것이다.

난 고물상집 딸이지만 아빠가 할아버지에게서 물려받았던 것처럼 그렇게 고물상을 물려받지는 않으리라. 또 엄마 역시 찾지 않으리라. 절. 대. 로.

고물상에 들어오는 물건 중에는 은근히 쓸 만한 것이 많았다. 그런 것들을 고치고 모아서 우리 집에 가져다 놓거나 팔았다.

16살 고심, 나는 잘 살지도 못하고 정상적인 가정도 아니며, 그렇다고 공부를 잘하는 것도 아니다. 아! 친구는 좀 많다. 집에 정붙일 데가 없는 아이들이라 밖에서 재미를 붙이고 정붙일 만한 사

람을 찾는지도 모른다. 친구들 사이에서 주인공이 된 듯한 느낌, 친구들이 내 말을 듣고 웃어 주는 느낌이 좋다. 하지만 별 희망도 꿈도 즐거움도 없는 매일이다. 그저 웃을 힘조차 없는 아빠 밑에 서 크는 16살 여중생일 뿐이다.

행복한 기억과 바꾼 타자기

　어느 날 나는 이런저런 고물을 걷으러 간 아빠 대신 사무실을 지키고 있었다. 사무실이라고 하기도 민망한 책상 하나가 전부인 컨테이너였다. 누군가 문을 열고 들어오더니 나를 빤히 쳐다보았다. 웬 할아버지가 물건을 하나 들고 있었다.

　"이것을 고물상에 팔아넘기려고 왔다."

　"뭔데요?"

　"타자기지. 오래된 물건이야. 값 많이 쳐줘."

　"저기 할아버지, 골동품 가게랑 헷갈리신 거 아니에요? 여기는 고물상이에요. 오래된 타자기든 최신형 타자기든 여기에서는 다 고철 쓰레기일 뿐이라고요."

　"이 타자기만 있으면 네가 되고 싶은 사람이 될 수 있는데? 비싸지도 않단다."

"네?"

"너도 좋고, 나도 좋은 거래지."

"지금 무슨 말씀을 하시는지…….'

'연락 없는 자식들 때문에 정신이 나갔거나 치매를 앓고 계시나? 자식들은 살기 바빠서 연락 한 번 없을 테고, 폐지를 줍고 다니며 힘겹게 입에 풀칠을 하고 살다 이제는 사기까지 치고 다니시다니…….' 이렇게 생각하니 할아버지가 너무 불쌍했다. 그때 다시 할아버지의 목소리가 들렸다.

"말 그대로야. 너는 나한테 이 타자기를 가져가고 나는 네 행복한 기억을 이 병에 넣어 가져가고."

'사. 기. 꾼.' 속으로는 이렇게 생각했다. 하지만 불쌍한 할아버지의 말벗이나 하자는 생각에 이렇게 되물었다.

"할아버지, 저는 행복한 기억이 없어요. 죽지 못해 사는 중학생이라고요. 아직도 살아갈 날이 창창해서 두려워요. 행복한 기억이 없는 사람은 이상한 타자기조차도 못 사니 어디 서러워서 살겠어요?"

"행복한 기억이 없는 사람은 없어. 사람은 대부분 불행에 집중하며 사니까 그것을 모를 뿐이지. 사람은 기억으로 만들어 놓은 생명체이니까. 너는 기억하지 못하겠지만 행복했던 기억들은 이미 네 안에 스며들어 있지."

"그래서 어떻게 하면 되는 건데요?"

"너는 이 타자기를 가져가고, 나는 네 행복한 기억을 가져간다는 계약서를 쓰면 돼. 이 타자기만 있으면 너는 어떤 사람이든 될 수 있어."

"어차피 기억하지도 못하는 기억들이니 다 가져가세요. 제가 되고 싶은 사람이 될 수 있다고요? 얼마 동안요?"

"그 사람의 마음을 느낄 수 있을 정도는 되지."

'나만큼 불쌍한 사람이 여기 한 명 더 있구먼. 이 할아버지 이렇게 장사해서 사람들에게 얼마나 사기를 치고 다니신 거야. 나중에 돈 달라고 하시는 거 아냐?'

세상에는 왜 이렇게 불쌍한 사람이 많은지, 누가 더 불쌍한지 대결하는 대회라도 있었으면 좋겠다. 잘 먹고 잘 사는 사람들이 눈물, 콧물 다 빼면서 인간극장이나 다큐멘터리 보듯이 봐 줄 텐데. 우리는 그들에게 '나는 그래도 저 정도는 아니지' 하는 위안을 주고, 그들에게 위안을 주는 보상으로 우리는 상금을 받는 거지.

내가 생각해도 참 어이없는 이야기이다. 하지만 그만큼 난 스스로가 불행하다고 느끼고 있다. 수학 시간에 지나가는 말로 선생님이 알려 준 무한대 개념이 생각났다.

$$\infty(\text{무한대}) - 1 = \infty(\text{무한대})$$

지금 무한대로 불행한데 거기서 행복한 기억이 조금 없어져 봤자 그게 그거다. 어느새 나도 할아버지의 말을 믿기 시작했다.

"그럼 계약서를 쓸래?"

"네. 할아버지는 저한테 이 타자기를 주시고, 대신 제 행복한 기억들을 가져가세요. 얼마큼 가져가실 거예요?"

"이 호리병만큼."

"이 호리병에 담아 가시겠다고요? 어떻게요?"

"타자기를 사용하는 방법부터 알려 주지."

나는 어느새 할아버지가 하는 설명에 귀를 쫑긋 세우며 듣고 있었다.

"먼저 타자기를 두드려서 종이에 네가 되고 싶은 사람의 모습이랑 가장 비슷하게 사는 사람의 이름을 써라. 그러고는 계속해서 종이에 그 사람의 부러운 점을 하나씩 쓰는 거지. 네가 왜 그 사람이 되고 싶은지 말이야."

"그렇게 하면 그 사람처럼 진짜 될 수 있어요?"

"그래."

"그럼 한번 해 볼게요."

"선불이다."

"네?"

"네 행복한 기억을 가져가마."

할아버지는 영화에서나 나올 법한 호리병을 꺼냈다. 그러고는 함께 꺼낸 천주머니 속에서 무언가를 한 주먹 쥐더니 내 머리 위로 뿌렸다. 컥. 컥. 갑자기 재채기가 나왔다.

"이게 다 뭐예요?"

"기억을 빼내기 위함이지. 이제 이 호리병 안에 입김을 불어넣어라. 내가 그만하라고 할 때까지 말이다."

"아, 설마 저를 놀리시는 거 아니죠?"

"내가 시간이 남아돌아서 이러고 돌아다니는 줄 아니?"

나는 밑져야 본전이라는 마음으로 불쌍한 사람 하나 돕는 셈 치고 호리병에 입김을 불어넣었다. 최대한 깊게 들이마신 다음 나에게 행복한 기억이 과연 있을까 미심쩍어 하면서 호리병에 입김을 불어넣었다.

"됐다. 이제 그만."

너무 숨을 몰아쉬어서 정신이 몽롱해지려는 찰나, 할아버지의 목소리가 들렸다.

"자, 타자기 여기 있다. 시험 삼아 한번 써 보렴. 네가 그 기회를 다 쓰면 다시 가지러 오마. 일주일 안에 쓰도록 해라."

"나중에 돈 달라고 하실 거 아니죠?"

"네 행복한 기억이 얼마짜리인지 모르는가 보구나."

호리병 색이 아까와는 달라져 있었다. 영롱한 무지갯빛이 반짝거리고 있었다. 아직 할아버지가 한 말이 믿기지는 않았지만 참 재미있는 분이라고 생각했다.

아빠 '고생'과 딸 '고심'

그렇게 이상한 할아버지에게서 타자기를 받았다. 타자기는 내 책상 위에 놓여 있었다. '나도 정말 할 일 없다. 저런 물건을 받아 오다니······.' 타자기를 보면서 이렇게 생각했다.

호리병에 바람을 불어넣었던 일을 떠올리자 헛웃음이 나왔다.

"이 고물은 왜 집에 있노?"

아빠는 반찬이 쉬어 빠진 김치 쪼가리와 김이 전부인 저녁상을 방 한가운데 놓으며 물었다.

"필요해서 들고 왔어요. 이건 내 물건이니까 고물이라고 가져 가지 마세요."

혹시 고물이라고 가져다 팔아 버릴까 봐 걱정이 된 나는 미리 못을 박았다.

"집에 컴퓨터가 없어서 저런 걸 가져왔나?"

아빠는 집에 컴퓨터가 없는 것이 미안했나 보다.

"아니, 그런 거 별로 필요 없어."

고물상 옆, 우리 집은 방이 두 개이다. 하나는 거실 겸 아빠 방, 다른 하나는 내 방이다. TV를 보다 잠을 잘 시간이 되면 내 방으로 기어들어 간다. 우리 집에서는 사람 목소리가 거의 들리지 않는다. 엄마는 집을 나갔고, 사업이 망한 아빠와 딸만 있는 집에서 오순도순 이야기를 나눌 일이 뭐 있겠는가.

옆방에서 부스럭거리는 소리가 들린다. 난방이 안 되어서 차가운 방 공기가 이불 틈 사이로 파고 들어온다. 아빠가 고물을 주우러 나가나 보다. 철든 자식이었다면 일어나 아빠가 끄는 고물수레를 뒤에서 밀어 주고 학교에 가면 될 텐데 일어나기가 싫다.

'다른 아이들은 좋은 집에, 좋은 옷에, 좋은 학원에, 맛있는 밥에 온갖 호사를 다 누리고 사는데 이불 속에 몇 시간 더 누워 있는 것이 뭐 어째서.'

이렇게 생각하면서 죄책감을 조금씩 떨쳐 냈다. 아빠는 꼬질꼬질한 옷을 여러 겹 껴입고는 귀마개가 달려 있는 모자를 푹 눌러 쓰고 장갑까지 꼈을 것이다. 보지 않아도 아빠의 행동이 눈에 선하다.

스르륵 하고 문이 열린다.

껑껑대는 고물수레와 함께 아빠 발소리가 점점 멀어져 간다. 이 순간이 참 우습다. 죄책감과 함께 방 안에 혼자 있다는 자유가 나를 감싸기 때문이다. 아빠가 힘들게 일어나서 옷을 입고 수레를 끌고 나갈 때까지만 참으면 된다. 곧 자유가 찾아오니까 말이다.

보통 아빠는 동네를 한 바퀴 돌면서 밤새 사람들이 버린 고물들을 주워서는 내가 학교 갈 시간에는 돌아온다. 내가 학교에 가는 것을 보려고 그 시간에 맞춰서 돌아오는지, 아니면 동네를 한 바퀴 돌고 들어오면 내 등교 시간과 맞아떨어지는지 잘 모르겠다.

아빠는 하루에 쓸 수 있는 목소리의 양이 정해진 듯한 그 목소리를 이때 쓴다.

"잘 댕기온나."

학교생활을 잘 하고 오라고 여느 부모가 자식에게 하는 당부의 말이지만, 꼭 그것만은 아닌 듯하다. 할아버지의 사업 부도와 갑작스러운 죽음, 마누라의 가출, 실직 등 온갖 세상의 역경을 맞은 채 겨우 서 있는 아빠이다. 이제는 실바람만 불어도 쓰러질 것 같은 그런 아빠가 자신에게 하는 말이기도 했을 것이다.

'그래. 잘 다녀오자. 잘 버티고 오자.'

아빠의 잘 다녀오라는 짧은 말 한마디는 나에게 이렇게 다짐을 하게 하는 힘이 되었다. 그것을 알아서인지 아빠는 꼭 내 등교 시간에 맞춰 수레를 끌고 집으로 돌아왔으니까 말이다.

이제는 나도 안다. 내 등교 시간과 아빠가 동네 한 바퀴를 돌고 돌아오는 시간이 맞아떨어진 것이 아님을⋯⋯. 학교에 가는 내 뒷모습이라도 보려고 급히 수레를 끌고 돌아온다는 것을 말이다.

세상에서 가장 부러운 계집애, 왕건희

"아빠, 나 추운데 패딩 하나만 사 줘."

아빠는 다음 날 의류수거함에서 패딩을 하나 주워 왔다. 나는 그것을 보고 내 처지를 한 번 더 실감했다.

"쓸 만하던데 니 왜 안 입고 가노?"

"이걸 어떻게 입고 가!"

톡 쏘고는 바로 후회했다. 살까지 에이는 추위를 친구 삼아 종종 걸음으로 교실로 들어갔다. 교실 한 구석에서 여자아이 세 명이 이야기를 하고 있었다.

"아, 진짜 내가 엄마 잔소리 때문에 미치겠다. 빨래하기 힘들다고 교복 깨끗이 입으라며 어찌나 잔소리를 하는지."

"그러니까. 난 방 정리하라는 잔소리 때문에 미치겠어."

'부럽다, 계집애들아. 나도 그런 잔소리를 하는 엄마가 있었으면 좋겠다.'

내가 가장 부러운 계집애는 우리 반 왕건희이다. 교복도 늘 깔끔하고, 부모 사랑을 잔뜩 받고 있는 것 같은 얼굴이다. 조용하게 교실에 앉아 있지만 무언가 자연스럽게 느껴진다. 공개수업을 하면 부모(대개 엄마)는 주로 뒤에 서서 수업을 참관한다. 중학교 3학년이나 되었으니 이제 안 와도 될 법한데 몇 명은 꼭 온다. 그중 한 명이 왕건희 엄마이다. 건희처럼 얌전하고 여성스러운 얼굴에 인자해 보인다. 수업이 끝나면 꼭 건희에게 다가가 웃어 주고는 간다.

건희는 엄마에게 불만이 별로 없는 것 같다. 친구들이 엄마를 욕할 때도 그 속에서 조용히 웃고만 있다.

"건희야."

나는 건희를 불렀다.

"응? 심아. 왜?"

"오늘 수학 숙제가 뭐였지?"

"아, 7단원 정리문제 노트에 풀어 오라고 하셨어."

"나 숙제를 못 했는데 좀 빌려줄 수 있을까?"

"그래."

건희는 싫은 내색하지 않고 바로 노트를 꺼내 내게 건넸다. 노트를 펴니 건희처럼 정돈된 글씨가 나란히 걸어가고 있다.

노트만 봐도 부러운 것은 왜. 일. 까.

건희 집에 조별 숙제 때문에 간 적이 있었다. 거실에는 피아노와 큰 소파, 탁자가 놓여 있었다. 그리고 거실 벽에는 가족사진을 커다란 액자에 담아 걸어 놓았다. 아빠, 엄마, 오빠, 건희 이렇게 네 명이 드라마에 나온 것처럼 자세를 취하고 말이다.

건희 엄마는 쿠키를 구워 주었다. 거실 전체에 달콤한 냄새가 풍겼는데, 옷 구석구석에 쿠키 냄새가 배는 것 같았다. 이런 것이 바로 행복한 냄새인가 하는 생각이 들었다.

사실 나는 건희가 부럽다 못해 부담스럽다. 건희와 친하게 지내거나 건희 집에 이렇게 놀러 갔다 온 날은 내 스스로가 너무 불쌍하게 느껴지기 때문이다.

건희 아빠는 대형 로펌에 다니는 변호사이고, 엄마는 현모양처이며, 오빠는 과학고등학교에 다니는 엄친아였다. 건희와 내가 함께 다니면 마치 공주와 시녀 같았다. 함께 조별 숙제를 한 이후, 건희는 나와 친하게 지내고 싶은 듯하지만 난 거리를 두고 있다. 지금 내 상황을 받아들이는 것만도 벅찬데 남과 비교까지 하면서 내 삶을 더 힘들게 하고 싶지 않았다. 건희와 같은 삶을 동경해서 친해지고 싶어 한다는 것을 내가 더 잘 알기 때문이다.

물론 나는 반 아이들과 잘 지내는 편이다. 그래서 건희도 나와 친하게 지내고 싶어 하는 것 같다. 나 역시 친구들 덕분에 학교생활과 하루하루를 잘 버티고 있다.

학교가 끝나면 친구들은 썰물처럼 학원가로 몰려간다. 엄마들이 차에 태워 학원까지 실어 나른다. 나는 딱히 할 일이 없어 집에 돌아온다. 여느 때처럼 방 안에서는 퀴퀴한 냄새가 난다. 건희 집에서 맡은 행복한 냄새와는 비교되는 불행한 냄새라고 해야 할까. 내 방에는 여전히 타자기가 있다. 할아버지는 요란하게 호리병을 들이밀며 행복한 기억을 가져갔다고 했는데, 내 인생은 그다지 달라진 것이 없었다.

'그럼 그렇지. 어디 그게 진짜겠어? 타자기로 종이에 이름을 쓴다고 내가 되고 싶은 사람이 될 수 있다니, 말이 되는 소리를 해라.'

나는 아침에 펴 놓고 간 이불 안으로 그대로 들어갔다. 학교에 다녀와서 이불 속에 들어가 있으면 나름대로 아늑했다. 책상 위에 있는 타자기를 방바닥에 내려놓았다. 엎드려서 타자기를 이리저리 살폈다. 나는 타자기로 '왕. 건. 희.'라고 이름을 썼다.

'자, 그 사람의 부러운 점을 쓰라고 했겠다.'

나는 타자기를 두드리고 있었다.

- 부드러운 엄마, 듬직해 보이는 아빠
- 좋은 직업의 부모님

- 공개수업을 할 때마다 오셔서 뒤에 서서 응원해 주는 엄마
- 친구들이 오면 쿠키를 구워 주시는 다정한 엄마
- 깔끔한 아파트에 사는 것
- 글씨를 잘 쓰는 것
- 얌전하고 여성스러운 것
- 잘 사는 것

아, 이렇게 쓰기만 해도 건희의 삶은 완벽해 보인다.

고물상집 딸 고심이 왕건희가 되다

눈을 떴다. 타자기를 두드리다 잠이 들었나 보다. 뭔가 아늑한 느낌이 들었다. 조별 숙제를 할 때 와 보았던 건희의 방이다. 나는 순간 소리를 지를 뻔 했다. 일어나서 방에 있는 거울을 보고 정말, 진짜로 소리를 질렀다.

"앗!"

"무슨 일이니?"

건희 엄마가 방문을 열고 들어왔다.

"아, 아니에요."

"오늘은 늦잠 잤네. 엄마 병원 다녀올게. 학원 갔다 와서 밥 잘 챙겨 먹고 있어."

"네! 네. 병원은 왜요?"

"얘가 왜 이래? 엄마 오늘 치료받는 날이잖아."

'건희 엄마가 어디 아프시나?'

"네. 알, 알았어요. 조심히 다녀오세요."

"오늘 얘가 왜 이럴까."

건희 엄마는 고개를 갸우뚱대고는 나갔다. 그렇다. 난 정말 왕건희가 된 것이다. 그 할아버지가 한 말이 사실이었나 보다.

'세! 상! 에! 그럼 난 이제 어떻게 살아야 하지? 진짜 왕건희는 어디에 있고, 진짜 고심은 또 어디에 있는 거야?'

나는 일단 침대 밖으로 몸을 일으켜 세웠다. 이왕 이렇게 되었으니 왕건희의 삶을 즐겨 보자고 생각했다. 거실로 나오니 아무도 없었다.

'오늘은 토요일인데 다들 어디로 갔지?'

잘 정돈된 거실 벽에는 여전히 드라마에 나온 것처럼 자세를 취한 가족사진이 걸려 있었다.

'이 부잣집에서도 할 일이 없는 것은 마찬가지네.'

건희 방에 있는 책상에 앉아서 여기저기 둘러보았다. 책상 위에는 일기장 비슷한 것이 놓여 있었다. 남의 일기를 훔쳐보고 싶지는 않았지만, 일기장에 어떤 내용을 적었을지 궁금해서 자꾸만 그쪽으로 시선이 갔다. 그러다 일기장을 왜 읽어야 하는지 그 이유를 찾기 시작했다.

'지금 내 상황을 알아야 건희인 척 연기를 하든지 말든지 하지. 괜히 어설프게 연기했다가는 건희 가족에게 들킬 수도 있어. 지금 이 일기를 보는 것은 나중에 건희가 다시 제자리로 돌아왔을 때를 위해서야.'

나름대로 합리화를 하고 나니 마음이 편했다. 일기장을 펼쳤다.

엄마가 유방암 진단을 받고 수술하신 지 1년이 지났다. 다행히 지금까지는 잘 버티셨다. 항암치료를 받으면서 빠진 머리카락도 자라났고, 일상생활도 제대로 하고 계신다. 다른 곳으로 전이되지 않았기를 빌고 또 빌며 하루하루를 보내고 있다.

'건희 엄마가 유방암이셨구나.'

행복하게만 보였던 건희와 인자하게 보였던 건희 엄마를 생각하니 갑자기 짠한 마음이 들었다. 어찌되었든 나처럼 엄마를 증오하며 사는 것은 아니니까, 건희에게는 엄마가 있기는 하니까 나보다는 낫잖아.

그때 현관문이 열리는 소리가 들렸다. 거실로 나가니 건희 아빠가 돌아왔다. 전에 엄마와 오빠는 보았는데, 아빠는 처음 본다.

"아빠, 왔어?"

"아빠한테 반말이냐?"

건희 아빠의 카리스마는 말문을 막히게 했다.

"엄마는 어디 갔냐?"

'아니, 자기 아내가 치료받으러 간 것도 모른단 말이야?'

"병원 갔어요."

"하여간 이놈의 마누라는 매번 아프대. 그렇게 수술했으면 이제는 회복할 때도 되지 않았어."

더 이상 건희 아빠에게 말을 걸면 안 될 것 같았다.

"이놈의 집구석 들어와 봤자 뭐하냐고. 맨날 골골대는 마누라에, 꼬치꼬치 캐묻는 중딩 딸년에, 얼굴 한 번 안 비치는 아들놈까지……."

왠지 모르게 내가 생각하던 모습과는 많이 달라 보였다.

"성적은 나왔어?"

"성적이요?"

"이렇게 좋은 환경에서 밥 먹고 다니는데, 내 체면을 깎는 일은 없도록 해라. 아빠 없는 자식에서 변호사 아빠 얻었으면 밥값은 해야 하지 않겠니? 네가 공부를 못하면 새 자식이어서 그렇다고 남들이 수군댄다. 네 엄마 불쌍해서 이혼 안 하고 데리고 사는 거니까 너라도 밥값해야지."

뭔가 이상했다. 밥값? 아빠 없는 자식? 네 엄마?

"왜 답이 없니?"

"알았어요."

나는 방으로 들어왔다. 건희를 이해하려면 힌트가 더 필요했

32

다. 나는 건희의 일기장을 계속 넘겼다.

아빠는 엄마와 왜 결혼했는지 모르겠다. 아빠와 함께 산 지 이느 덧 6년이 지났다.

'6년이라…… 그럼 10살 때부터 함께 살았네? 그 전에는 이 아 저씨와 함께 살지 않았다는 거잖아?'

학원 수업이 끝나고 밖으로 나오다 길가에 세워져 있는 아빠 차 를 보았다. 하필이면 그때 왜 내 눈에 그것이 띄었을까. 차 안에는 우리 학원에서 잘나가는 토익 강사가 있었다. 그 강사는 학원에 서 '토익 미녀 강사'로 부르는 여자이다. 아빠는 그 여자와 연인 끼리 할 법한 '짓거리'를 하고 있었다. 물론 학원 건물 뒤라서 잘 보이지는 않는다. 하지만 조금만 신경 써서 보면 그것이 아빠 차 라는 것을, 연인으로 보이는 남녀가 타고 있다는 것을 충분히 알 수 있었다. 아빠는 언제 저 여자를 봤고, 자기 차에 태우는 사이가 되었을까? 아빠는 내가 이 학원에 다닌다는 사실을 알고나 있을 까? 그 사실을 알고 있다면, 설마 나한테 들켜 보았자 네 엄마한 테 말하겠냐는 뻔뻔함을 보이는 것일까?

'그럼 건희 아빠는 새 아빠인가?'

"건희야."

건희 엄마 목소리였다.

"엄마, 왔어? 치료는 잘 받으셨어요?"

"그럼."

건희 엄마 얼굴은 수척해 보였다.

"아빠랑 오빠는?"

"아빠는 아까 들어왔고, 오빠는 집에 없어."

"이 녀석은 또 어디 간 거야?"

"집에서 엄마가 따뜻하게 대하지 않으니 애가 자꾸 밖으로 나도는 거잖아."

방에 있던 건희 아빠가 나오면서 빈정댔다.

'남편이라는 사람이 치료받고 온 아내한테 말하는 꼴 하고는.'

"그래요. 내가 잘못했어요."

건희 엄마는 힘없는 목소리로 말하고는 부엌으로 갔다. 찬장에서 밀가루와 베이킹파우더, 초콜렛 등을 꺼냈다.

"뭐야? 또 쿠키 구우려고?"

"그래요. 아이들 간식거리로 만들어 두려고요."

"그놈의 쿠키는 그냥 사먹지 궁상맞게 왜 굽는 건지……. 빵집에서 일했다고 그렇게 티를 내고 싶나?"

건희 엄마는 건희 아빠의 못된 소리에도 묵묵히 쿠키 만들 준비를 시작했다. 잠시 후 달콤한 냄새가 집 안을 가득 채웠다.

"엄마, 치료받고 와서 피곤할 텐데 들어가서 쉬세요. 제가 설거지할게요."

"그럴래?"

나는 고무장갑을 끼고 세제를 묻혀 그릇들을 씻기 시작했다. 설거지라면 이골이 난 나다. 그릇이 신 김치에 된장찌개를 먹던 것에서 쿠키가 담겨 있던 것으로 바뀌었을 뿐이다. 건희 아빠는 말끔하게 옷을 차려입더니 밖으로 나갔다.

"아빠, 다녀오세요."

인사를 했으나, 대답은 돌아오지 않았다.

행복한 냄새는 정해져 있지 않다

설거지를 마치고 방으로 들어간 나는 일기장을 다시 꺼냈다.

엄마는 왜 유방암에 걸렸을까? 검색하고 또 검색했다. 내 결론은
스트레스 때문이다. 그리고 그 스트레스는 지금의 아빠 때문이
다. 잘나가는 변호사? 웃기는 소리이다. 내가 보기에는 한낱 바
람둥이에 불과하니까. 나는 쿠키 냄새가 너무도 싫다. 엄마는 아
저씨가 일하던 사무실 1층에 있던 빵집에서 일했다. 우리 엄마에게
반한 아저씨는 매일 빵집에 들러 출근도장을 찍었다고 한다. 그러
고는 엄마가 구운 쿠키를 사갔단다. 애 딸린 과부에 불과했던 엄
마에게 직업이 변호사인 남자가 들이대는데 어찌 안 넘어갈 수 있
었겠는가. 하지만 엄마는 자기 분수에 넘치는 것 같아서 끝끝내 아

저씨의 고백을 거절했단다. 이렇게나 아저씨의 고백을 거절한 여자는 처음이었기에 아마도 새 아빠는 엄마한테 집착했던 것 같다.

아저씨의 끈질긴 고백에 더 이상 엄마는 버틸 수가 없었다. 결국 아저씨의 손을 잡았고, 그렇게 나와 엄마는 아저씨 집에서 살게 되었다. 그때부터 아저씨는 본 모습을 드러냈다. 아저씨 취미는 여자 사냥이었으니까 말이다. 엄마를 만나면서도 수많은 여자를 동시에 만났었고, 엄마와 결혼한 이후로 집에도 거의 들어오지 않았다. 그래서 엄마와 결혼하기 전에 같이 살았던 여자도 집을 나갔을 것이다. 여기저기서 주워들은 내용을 종합해 보면, 가난한 남자와 살았던 여자는 아저씨를 금동아줄로 생각했던 듯하다. 그런데 알고 보니 썩은 동아줄이어서 결국 돈보다 중요한 것을 찾아 떠났던 것이다.

엄마는 혹여나 연애 시절 자상했던 아저씨의 모습으로 다시 돌아올까 싶어서 쿠키를 굽기 시작했던 것 같다. 그러니 쿠키는 나나 오빠를 위해서가 아니라 사랑받으려는 엄마의 처절한 몸부림이었던 셈이다.

차라리 혼자 살았으면, 이 악물고 빵집에서 일하면서 '굳세어라, 캔디' 처럼 살았으면 유방암에도 안 걸렸을 텐데……. 그러면 죽을 뻔한 위기도 넘기지 않았을 것이고, 매일 죽음과 싸우며 지내지 않아도 되었을 텐데 말이다.

이제는 아프기에 엄마는 더더욱 이 집을 나갈 엄두를 못 낸다. 아저씨에게 이혼을 당할까 봐 숨죽이고 산다. 오빠 눈치도 본다. 어쨌든 오빠는 아저씨 아들이다. 어떤 여자 사이에서 태어났는지 모르겠지만 오빠도 아빠를 닮아서 잘생겼고 똑똑하다. 여자 친구도 자주 바뀌는 것 같다. 이렇게 쓰고 나니 완전 막장 드라마이다. 겉으로 보이는 우리 가족은 완벽한 모습이니까 어디 가서 말할 수도 없다. 그래도 이렇게라도 쓰고 나니 속은 시원하다.

건희의 반듯한 글씨, 건희 엄마의 인자한 얼굴, 달콤한 쿠키 냄새 등 이 모든 것이 잘 포장된 가면이었구나. 이 넓은 집에서 건희의 공간은 이 방 하나뿐이었다니. 어쩌면 이 일기장 하나뿐이었을지도 모르겠다. 집 나간 우리 엄마도 이렇게 부자 남자 만나서 잘 살고 있을까?

갑자기 저 아래 보이지 않는 동굴 속에 잘 숨겨두었던 엄마 생각이 활화산처럼 분출되어 나왔다. 너무 충격적인 경험을 하고 나면 오히려 눈물이 더 나지 않는 법이다. 그래서 내 기억에는 눈물을 흘린 적이 거의 없다. 몇 년 동안 참 많이도 참았나 보다. 엄마 생각뿐만 아니라 눈물도 함께 분출되었으니 말이다.

한번 눈물이 쏟아지자 멈출 수가 없었다. 도대체 마음이 진정되지 않았다. 왜 하필 건희의 이름을 써서는…… . 왜?

고심이, 수상한 고물상을 차리다

눈을 떴다. 더 이상 건희의 방이 아니었다. 아마 울다가 잠이 들었나 보다. 눈을 뜨니 내 방이었고, 아빠 목소리가 들렸다. 처음으로 아빠 목소리가 너무 반가웠다.

"고심아, 밥 묵어라."

밥상 앞에 가니 아빠가 먼저 숟가락을 뜨고 있었다. 나는 처음으로 아빠에게 물었다.

"아빠."

"와?"

"엄마는 어떤 남자가 데려갔어?"

"와 그년 이야기를 하노? 밥이나 묵어라."

"혹시, 혹시 엄마가 따라간 남자 직업이 변호사야?"

아빠는 숟가락을 밥상에 놓았다.

"어디서 뭔 소리를 듣고 와서 그 지랄이고. 변호사가 니 엄마 뭐 볼 거 있다고 데려갔겠나."

"그렇지?"

"밥이나 묵어라."

더 물어보고 싶었지만 여기서 멈췄다. 더 물었다가는 겨우 아물었던 상처가 다시 벌어질 것 같았다.

돈이 많은 집이든 겉으로 완벽해 보이는 집이든 세세하게 살펴보면 겉으로 보이는 것만큼 행복하지 않다는 사실이 가난한 사람들에게 약간의 위안을 줄지도 모른다. 하지만 부자라고 해서 다 불행하지는 않을 것이다. 가난이 들어오면 행복은 창문 밖으로 나간다고 했다. 돈과 행복은 꼭 반비례하지 않는다. 돈이 많으면서 행복할 수도 있으니까 말이다.

그렇다. 내가 건희의 이름을 썼던 것은 잘못된 선택이었다. 다른 사람의 삶을 사는 경험이 그리 유쾌하지는 않았다. 하지만 분명 누구나 흥미를 가질 만한 경험이기는 했다.

'그래. 이것으로 돈을 벌자. 그 할아버지를 찾아야겠다.'

할아버지를 어떻게 찾을까 생각했다. 그런데 생각해 보니 할아버지가 타자기를 찾으러 올 것 같았다. 예상처럼 다음 날 할아버지가 사무실로 찾아왔다.

"여행은 잘 하고 왔느냐?"

"네, 할아버지. 제가 꿈을 꾼 것이 아니죠?"

"그래. 그럼 이제 타자기를 주거라."

"아니요. 그럴 수 없어요."

"마음이 바뀌었단다. 타자기는 팔지 않을 거다."

할아버지는 당장이라도 타자기를 뺏어 갈 것처럼 보였다. 나는 타자기를 손으로 꽉 잡으면서 말했다.

"장사를 한번 해 보려고요. 저랑 동업해요, 할아버지."

"무슨 말이냐?"

"이 타자기로 부러운 사람이 되는 경험을 제공하고 돈을 받는 거죠."

"나는 돈을 벌 생각이 없다."

"행복한 기억을 모아서 어디에 쓰시게요? 제 행복한 기억을 왜 가져가셨는지는 모르겠지만 자본주의 사회에서는 돈이 최고에요."

"사업가 기질은 네가 더 있는 것 같구나. 행복한 기억은 누군가를 부러워하는 경험보다 더 비싼 값에 팔 수 있지. 너는 행복한 기억의 가치가 얼마나 높은지 잘 모르는구나."

"그래요. 좋아요. 할아버지는 행복한 기억을 가져다 파시는군요. 저, 그 호리병이랑 마법가루를 좀 빌려주세요."

"왜?"

"다른 사람의 행복한 기억을 가져다 드릴게요. 대신 저는 돈을 받고요. 할아버지가 일일이 돌아다니면서 타자기와 행복한 기억을 맞바꿀 사람을 찾기는 힘드시잖아요."

할아버지는 말이 없었다.

"저한테 맡기세요."

"평생 이 일을 하고 살았지만 너 같은 애는 처음 본다. 한 번 이경험을 하고 나면, 보통은 다른 사람의 이름을 다시 쓰곤 하지. 내가 썼던 사람의 삶이 내가 원하는 삶이 아닌 것을 알고 더더욱 완벽해 보이는 사람의 이름을 쓰게 되지. 그러다 자신에게 있던 행복한 기억을 모조리 잃게 된단다."

"저, 그렇게 미련한 애 아니에요. 저한테 행복한 기억이 얼마나 있는지 모르겠지만, 굳이 그런 경험을 여러 번 하고 싶지는 않아요. 어릴 때부터 가난하게, 힘들게 살면서 무엇을 배웠겠어요? 현실이 그만큼 만만하지 않다는 것을 이미 잘 알죠. 할아버지가 누구이고, 이 타자기와 호리병을 도대체 어떻게 갖게 되셨는지 궁금하지만 묻지 않을게요. 사실을 안다고 저한테 이익이 생길 것 같지도 않고요. 저는 저한테 유리한 것만 생각할래요."

"너는 커서 잘 먹고 잘 살겠구나. 하지만 세상일이 그렇게 돈으로만 해결되는 것은 아니란다. 난 이제 살날이 얼마 남지 않았지. 내가 죽으면 이 타자기도 힘을 잃는단다. 네 말대로 나는 늙어서 돌아다닐 힘도 없고, 너처럼 똑똑하고 야무진 손녀딸도 없으니 네게 맡기는 것이 좋겠지. 그래, 네가 최대한 많은 사람에게 이 타자기로 다른 사람의 삶을 사는 경험을 하게 해 주럼."

"할아버지 고상한 척하지 마셔요. 제가 손님을 많이 데려오면 할아버지는 그 행복한 기억인가 뭔가를 더 많이 가져가실 수 있잖아요. 그럼 그것을 팔 수도 있고요. 또 저는 그 사람들에게 돈을 받아 용돈을 벌 수 있으니 좋고. 한마디로 누이 좋고 매부 좋고, 서로 윈윈하는 사업 전략이죠!"

"그래서 어떻게 할 생각이냐?"

"일단 저희 고물상 앞에 간판을 붙일 거예요."

"뭐라고?"

"타인체험 수상한 고물상이라고요."

"그러고는?"

"손님을 끌어모아야죠. 신비로운 경험을 할 수 있다는 내용을 인터넷 카페에 올려야죠. 우리 학교 학생들이 드나드는 인터넷 카페가 있어요. 거기에 올릴 거예요."

"너처럼 처음에는 다들 안 믿을 거다."

"그러니까 정말 필요한 사람만 오겠죠. 아니면 진짜 심심하거나 돈이 많아서 쓸데가 없거나 호기심이 강한 사람들이 오겠죠. 어쨌든 오기는 올 거예요. 제 발로 찾아온 사람이니 설득하는 과정은 필요 없을 것 같네요. 여기 사무실에서 바로 타자기를 두드리게 하면 되어요. 저처럼 가져가게 할 것까지도 없죠."

"역시 세상이 좋아졌구나. 인터넷이라는 것 난 사용할 줄 몰라서 말이야."

"그러니까 할아버지께는 제가 필요하다는 거예요."

"알았으니까 한번 해 보아라. 단, 원칙이 있다."

"뭔데요?"

"하루에 한 명씩만 타자기를 사용하도록 해야 한다. 딱 한 명분의 마법가루만큼만 사용해야 한다. 다 떨어질 때쯤 한 번 들르도록 하마."

"그렇게 해서 언제 돈을 벌어요?"

"나비효과라고 알지?"

"뭐, 대충은요."

"하루에 한 명 이상 받으면 타자기가 세상에 미치는 영향력이 엄청난 소용돌이가 되어 돌아온단다."

"알았어요. 어쩔 수 없죠."

나는 고물 더미에 있는 화이트보드를 가져왔다.

"쓸 만해 보이는데?"

"원래 그래요. 고물이라고 버린 것 중 대부분은 쓸 만해요."

"그래, 맞다. 아무리 고물 같아도 쓸 만한 게 인생이지."

할아버지의 말을 듣는 등 마는 등 했지만, 고물 같은 내 인생에도 재미난 일이 생긴 것 같다. 고물 같아도 쓸 만한 게 인생이라는 할아버지의 말이 맞을지도 모른다. 그날부터 우리 고물상은 '수상한 고물상'이 되었다.

수상한 고물상을 발견한 왕건희

"내가 부러워하는 누군가가 되어 보세요?"

우리 학교 인터넷 카페는 회원 수가 꽤 많다. 몇 년 전 학교를 졸업한 선배가 만들어 카페 운영진과 함께 운영해 왔었다. 그러다 후배에게 운영자 자리를 물려주어 지금까지 유지하고 있다. 이 카페에서 학생들은 문제집을 사고팔기도 하고, 가끔은 사랑 고백이나 고민 상담도 한다. 처음에는 악플을 달아 특정 선생님이나 친구를 욕하는 마녀사냥을 하기도 했다. 그 당시 한 학생이 인터넷에서 따돌림을 당했다. 그런데 그 학생의 부모가 꽤 힘이 있어서 학교 선생님들에게 당장 카페를 닫으라는 압력을 가했고, 카페 운영은 중단되었다.

하지만 학생들은 소통의 창구, 대나무 숲이 필요했다. 카페 운영자는 다시 인터넷 카페를 만들었고, 이번에는 인터넷 선도부까지 모집했다. 인터넷 선도부는 악플을 달거나 한 명의 친구를 욕하거나 따돌리는 글을 올리는 학생들을 찾아내 그 자리에서 탈퇴시켰다. 그래서 나름대로 청정 지역으로 인터넷 카페를 운영해 왔으며, 이제는 학교 선생님들도 카페를 믿고 지지한다.

내가 학교에 다니면서 본 얼마 되지 않은 아름다운 일화이다. 그런데 이 카페에 얼마 전부터 이상한 글이 올라왔다. 이 글을 쓴 학생을 탈퇴시키지 않았다는 사실이 신기했는데, 그만큼 진정성이 느껴지는 글이었고 조회 수와 댓글 수 모두 엄청났다.

누구나 부러운 사람이 있습니다. 내가 부러워하는 누군가의 인생을 살고 싶다면, 수상한 고물상으로 오세요.

저희 아빠는 고물상을 하고 있습니다. 그런데 얼마 전 고물상에 온 할아버지에게서 신기한 타자기를 하나 받았습니다. 그 타자기로 내가 부러워하는 누군가의 인생을 살아 볼 수 있습니다.

가격이 궁금하시죠? 우리는 학생이니까 비싸게 받지 않겠습니다. 누군가의 인생을 살아 본다는 것 자체가 돈으로 환산할 수 없기에 원래 20만 원에 판매하던 것을 학생 특별할인으로 3만 원에 판매하겠습니다. 거기에 여러분의 행복한 기억을 조금 지불하면, 그것으로 충분합니다.

말도 안 되는 소리라고요? 저는 이 학교에 다니는 학생이고, 저희 아빠는 고물상을 하십니다. 이것을 걸고 약속합니다.

아! 그리고 이 수상한 고물상에 왔었다는 것은 무조건 비밀로 해 드립니다. 어떤 사람의 인생을 살아 보았는지는 여러분만 알 수 있습니다. 원하는 날짜와 시간을 댓글로 달아 주세요. 다른 사람들과 부딪히지 않고 방문할 수 있도록 조정해 드리겠습니다.

운영자님 솔직히 이런 말도 안 되는 글은 삭제해 주세요. 이 글 클릭한 시간이 아깝네.

ㄴ 〈수상한 고물상〉 긴말 안 합니다. 의심되면 와 보세요.

저게 진짜면 3만 원은 ㄹㅇ 헐값 아님?ㅋㅋㅋ 한 번 가 볼까ㅋㅋ

ㄴ 〈수상한 고물상〉 네 맞게 보셨습니다. 꼭 와 보세요.

행복한 기억을 도대체 어떻게 빼 간다는 거냐;; 소설 작작 읽어라.

ㄴ 〈수상한 고물상〉 소설 같은 말로 들리시겠지요. 그럴 수 있습니다.

수지 한 번 되어 보고 싶다ㅎㅎ 민호 오빠랑 데이트 하면... 생각만 해도 넘나도 행복한 것 ㅎㅎㅎ

ㄴ 〈수상한 고물상〉 저희 고물상으로 오세요. 수지가 되실 수 있습니다.

어그로꾼이네ㅉㅉ 공부나 해라. 이런 글 올릴 시간에 공부하면 평균 5점은

올릴 듯

   ㄴ 〈수상한 고물상〉 심한 말은 자제해 주세요.

이 글 아래에는 고물상의 위치를 알려 주는 약도도 있었다. 학교에서 조금 떨어진 곳이었다. '고물상을 하는 친구라……. 내가 아는 친구 중에서는 없는 듯한데, 다른 학년인가? 내 신상이 털리거나 돈이 필요한 일은 없겠지?'

돈이라면 물론 충분하다. 행복한 기억이 빠져나간다니 어떤 의미일까? 나에게 행복한 기억이 있었던가?

누가 보면 나는 변호사 아빠에, 과학고등학교를 다니는 잘나가는 오빠에, 예쁜 엄마와 함께 단란한 가정에서 사는 부잣집 딸 왕건희이니까. 새 아빠와 함께 살면서 나는 새로 태어났다. 내 입으로 굳이 새 아빠이고, 실제로는 바람둥이라고 말하고 싶지 않다. 그냥 단지, 저것이 진짜라면 한번쯤 되어 보고 싶은 친구가 있기는 하다.

이. 진. 리.

진리는 어제도 남자 친구 자랑에 열을 올렸다.

"이거 오빠가 사 준 방석이야. 학교에서 공부할 때 엉덩이 아프지 말라고 사 줬어. 어제는 학원 앞까지 데리러 왔더라고. 내가 보고 싶었다나 뭐라나."

"네 남친 과학고 다닌다고 하지 않았어?"

민희가 진리에게 물었다.

"응. 맞아."

"공부는 언제하고 너를 만난대?"

"우리 자기는 공부도 잘하고 놀기도 잘하니까."

"건희 오빠도 과학고 다니지 않아?"

다들 나를 쳐다보았다. 당장 우리에게 네 오빠 이름을 불거라 하는 눈빛이었다.

"건희 오빠랑 아는 사이일까?"

"그런 거 캐지마. 우리 자기 괜히 불편해지게. 그래서 내가 남친 이름을 말하지 않은 거야."

그때 진리가 한 말은 나를 구원해 주었다. 친오빠가 아닌 새 오빠를 굳이 자랑하고 싶지도 않았고, 혹시나 오빠 귀에 들어가면 좋아하지 않을 터였다. 오빠와 동생으로 묶여 있지만 그것을 대놓고 말하고 싶지는 않은 느낌, 아마 오빠도 마찬가지일 것이다.

남자 친구는 진리에게 참 잘하는 것 같다. 엄마를 버렸던 내 친 아빠와도 다를 것이고, 다른 여자를 죽도록 만나고 다니는 새 아빠와도 다를 것이다. 엄마를 보면서 깨달은 것이 있다면 '여자 팔자 뒤웅박 팔자'라는 옛날 속담이 지금도 통한다는 것이다. 내 머릿속에는 오로지 빨리 커서 착한 남자 만나 이 집을 떠나고 싶다는 생각뿐이었다.

그래서 공부를 잘하는 민희보다 잘나가는 남자 친구가 있는 진리가 더 부러웠다. 인터넷 카페에서 그 글을 본 순간 내 머릿속에는 '이진리'라는 이름이 떠올랐다.

고물상의 첫 번째 손님, 왕건희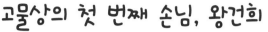

"이 여편네가 쿠키 좀 그만 구워! 이제 그 냄새 지겨워 죽겠어!"

엄마가 또 쿠키를 구웠나 보다. 쿠키 냄새는 나도 지겨웠다. 엄마 마음은 이해하지만, 그만 좀 구웠으면 좋겠다. 엄마는 아빠가 던져서 깨진 쿠키 조각들을 주워 담았다. 나는 그 모습을 보고 있기가 힘들었다. 그래서 그냥 집을 뛰쳐나와 버렸다.

마땅히 갈 곳이 없다. 아빠와 엄마가 싸우는 것도 이젠 지긋지긋하다. 아니, 싸우는 것이 아니라 아빠의 큰소리에 엄마가 일방적으로 당하는 격이지. 새 아빠는 물건을 던지기는 하지만 그래도 엄마를 때리지는 않는다. 그것을 다행으로 여기는 것을 보면 현재는 새 아빠 밑에서 숨죽이고 사는 것이 최선임을 본능적으로 알고 있나 보다.

어느새 어둑어둑해진 하늘이 마치 까맣게 타들어 가는 내 마음 같다. '그래도 너는 별이라도 박혀 있잖아. 내 마음은 그냥 까맣다.'

그렇게 정처 없이 걷는데, 내 눈에 '수상한 고물상'이라는 여섯 글자가 들어왔다.

그 간판 아래에는 이렇게 적혀 있었다.

~~20만 원~~ → 학생가 할인 3만 원

'어? 이건 학교 인터넷 카페에서 봤던……?' 뭔가 음습한 기분이 들 정도로 어두운 곳이었다. '그래. 고물상이 어떻게 쾌적할 수 있겠어.'

"저기, 주인 계세요?"

"누구요?"

남자 목소리가 들렸다.

『여중생, 고물상에서 시체로 발견』

『날이 갈수록 늘어나는 성폭행 피해자, 이번에는 신종 수법으로』

"한 학교 인터넷 카페에 자신이 부러워하는 사람으로 살아 볼 수 있다는 글이 올라왔습니다. 그것을 보고 고물상을 찾아간 여중생이 납치되는 사건이 일어났습니다. 어린 학생들의 마음을 현혹시키는 신종 수법들을 조심해야 할 때입니다."

그 순간 온갖 신문 기사 제목과 뉴스가 머릿속을 스쳐 지나갔다. 도망가려고 하는 찰나 눈앞에 같은 반 고심이가 나타났다.

"어? 심아?"

"거, 건희야. 여기는 어쩐 일이야?"

'심이도 납치된 건가?'

"그, 그게……"

"혹시 수상한 고물상 찾아왔니?"

"으, 응."

"댓글로 예약을 안 했는데?"

"우, 우연히 오게 됐어."

"그래. 너도 부러운 사람이 있겠지. 너라고 없겠니. 들어와."

"심이 네가 올린 글이니?"

"응. 맞아."

"여기는 너네 집이고?"

"응. 너도 글 보고 온 거야?"

"꼭 그렇다고는 할 수 없지만, 거의 그런 셈이지."

"그게 무슨 말이야? 어쨌든 하겠다는 거지?"

"고심! 이 시간에 친구가 왔나?"

"우리 아빠야."

"응."

고심이 아빠를 납치범이나 살인범으로 오해해서 괜히 미안했다.

"그거 위험하지 않지? 너도 해 봤니?"

"위험하지 않아. 나도 해 봤어."

고심이는 무표정한 얼굴로 대답했다. 하려면 하고, 말려면 말아 하는 표정이었다. 만약 조금이라도 강요하는 듯했으면 하고 싶은 마음이 사라졌을 것이다. 무덤덤한 고심이의 표정을 보면서 오늘을 놓치지 말아야겠다고 생각했다.

"나 할래."

"알았어. 이리 와."

나는 고심이를 따라서 컨테이너 사무실로 들어갔다. 책상 하나, 주워 온 듯한 소파 하나가 있을 뿐이었다. 시계도 하나 걸려 있었다. 시간은 9시 50분 정도였다. 남의 집에 찾아오기에 늦은 시간은 분명했다.

"원래 예약하지 않으면 안 받아 주는데, 글을 올린 지 얼마 안 되어서 오늘은 예약자가 없어. 그래서 해 주는 거야."

고심이는 굉장히 인심 쓰는 척하며 말을 했다. 고심이네가 고물상을 하고 있었다니 몰랐다.

'친구도 많고 항상 밝게 보였던 심이였는데, 형편이 어렵구나.'

"너는 우리 수상한 고물상을 찾아온 첫 번째 손님이야."

고심이의 목소리가 컨테이너 안을 울렸다. 조그마한 창문 안으로 별빛이 새어 들었다.

왕건희, 남자 친구가 많은 이진리가 되다

"부러운 사람 생각해 왔지? 여기 타자기로 먼저 그 사람의 이름을 두드려. 그러고는 부러운 점을 하나씩 치면 돼. 참고로 나는 네가 어떤 사람의 이름을 썼는지, 그 사람 대신 어떤 경험을 하는지 알지 못하니까 걱정하지 말고."

다른 사람이 나에 대해 아는 것이 싫다. 그래서 여기에 오는 것도 꺼린 것이다. 고심이는 그 마음을 알고 있기나 한 것처럼 말했다.

나는 반에서 자신을 떠벌리는 친구들, 자신의 고민을 친구에게 상담한답시고 말하는 친구들을 도무지 이해할 수 없었다.

고심이는 나에게 이상한 가루를 뿌리기 시작했다. 순간 섬뜩한 기운이 느껴졌다. 고심이는 호리병을 꺼냈다.

"자, 여기에 내가 그만할 때까지 숨을 불어넣어."

"이게 뭐하는 건데?"

"네 행복한 기억을 빼내는 거야."

나는 호리병에 입을 갖다 대고는 있는 힘껏 숨을 불어넣었다. 그만 불어도 된다는 소리와 함께 고심이는 사무실 밖으로 나갔다.

사무실에는 나와 타자기, 단 둘뿐이었다.

마음먹고 이곳에 오지는 않았지만, 수상한 고물상에 온 것은 운명일지도 모른다. 지금 집에 가 보았자 반겨 주는 사람도 없으니 나는 여기서 영화 한 편 멋들어지게 찍어야겠다.

이진리

- **다정한 남자 친구**

- **공부 잘하고 멋진 남자 친구**

- **예쁜 얼굴**

- **상큼 발랄한 말투**

진리의 이름을 종이에 썼는데도 별다른 일은 일어나지 않았다. 갑자기 남자 목소리가 들렸다.

"진리야. 무슨 생각해?"

"어?"

나는 옆으로 고개를 돌리다 놀라서 소리를 지를 뻔했다. 거기에
는 내가 평소 좋아하던 오빠가 앉아 있었다.

박. 재. 혁.

재혁 오빠는 우리 오빠와 같은 고등학교를 다니는 친구이다. 우
리 오빠의 이름은 왕우석. 그러니깐 다시 말하면 재혁 오빠는 나
랑 같은 집에 사는 내 이복 오빠 왕우석의 절친이다.

우석 오빠가 재혁 오빠를 집에 데려온 적이 있었다. 우석 오빠
는 친구들에게 나를 동생이라고 소개하는 것을 민망해 했다. 그래
서 일부러 내 방에서 나오지 않았다. 그러다 물을 마시러 가는 중
에 화장실에 가려고 나온 재혁 오빠와 마주쳤다.

"네가 우석이 동생이구나."

이렇게 한마디 하고는 재혁 오빠는 화장실로 향했다. 그때 이후
로 나는 상사병에 걸리고 말았다. 자꾸만 재혁 오빠의 하얀 얼굴
이 생각났고, 변성기가 지나 남자다운 저음의 목소리가 귓가에 들
리는 듯했다. 혹시라도 우석 오빠가 또 재혁 오빠를 데려올까 싶
어서 집에 꼭 붙어 있었다. 재혁 오빠가 우리 집에 놀러 오면 아끼
는 원피스로 갈아입고는 방 안에 얌전히 앉아 있다가 몰랐다는 척
방 밖으로 나가서 인사할 생각이었다. 하지만 그 이후로 우석 오
빠는 재혁 오빠를 데려오지 않았다.

이 사람이 진리의 남자 친구였다니. 갑자기 진리가 부러운 마음이 너울너울 춤을 추기 시작했다.

"오빠가 음료수 좀 뽑아 올까?"

"응."

진리의 남자 친구인 재혁 오빠는 역시나 진리에게 다정한 듯했다.

"집에 데려다줄게. 가자."

나는 재혁 오빠와 학원 밖으로 나왔고, 재혁 오빠는 자연스럽게 내 손을 잡았다. 물론 진리의 손이지만 나는 심장이 마구 뛰었다.

'진리는 매일 이렇게 손잡고 다니겠네?'

"오늘따라 말이 없네?"

"좀 피곤해서."

내가 진리가 아닌 것을 재혁 오빠가 눈치 챌까 봐 조마조마했다. 그렇게 말없이 걸어서 집까지 왔다. 재혁 오빠는 갑자기 나를 와락 안더니 입을 맞추려고 했다.

"왜 이래?"

나는 깜짝 놀라 재혁 오빠를 밀쳐 냈다.

"너를 좋아하니까 이러지. 너야말로 언제까지 이럴 거야?"

"오빠랑 나는 아직 학생이야."

"알 거 다 알 만한 나이잖아. 남자와 여자가 만났으면 당연히 손잡고, 안고, 키스하고, 자고 하는 거지."

순간 머리를 한 대 맞은 것 같았다.

"일단 들어가."

"응, 내일 봐."

'남자 친구를 사귀면 다 이러는 걸까?'

그렇게도 마음속으로 그리워하고, 이야기 한 번 해 보는 것이 소원이었던 재혁 오빠와 연인이 되었는데 가장 먼저 부딪힌 문제가 스킨십이라니……. 종종 교실에서 대놓고 스킨십을 하는 친구들도 있기는 했지만, 보면서 저것은 아니라고 생각했다.

'쟤들은 남들 보는 앞에서 뭐하는 거래? 남자 친구 있다고 자랑하는 거야, 뭐야?'

그런데 남들 없는 데서 하는 것은 서로의 마음을 표현하는 것이라는 생각도 들었다. '중학교 3학년이면 그리 어린 나이도 아닌데. 그동안 내가 너무 세상사를 몰랐던 것은 아닐까.'

그때 교복 주머니에서 진동이 느껴졌다. 진리의 핸드폰이었다.

'봐도 되나?'

지금 이 순간 나는 진리이다. 핸드폰을 꺼내 보니 지문 인식으로 잠금이 되어 있었다. 엄지손가락을 가져다 대니 잠금이 풀렸다. 정말 진리가 된 것이다. 카톡 메시지가 하나 와 있었다.

김빛나

진리야, 나 좀 도와줘.

김빛나였다. 우리 반에서 진리와 친한 친구이다. 날씬하고 예쁜 얼굴이다. 빛나도 남자 친구가 있어서 진리와 통하는 것이 많은지 둘이 계속 친하게 지내 왔다. 역시 연락도 자주 하는 듯했다. 그런데 무엇 때문에 도와 달라고 하는 것일까?

이진리

무슨 일이야?

김빛나

만나서 이야기 좀 하자. 내가 네 집 앞에 있는 놀이터로 15분 후에 갈게.

이진리

알았어.

빛나의 메시지에서 무언가 다급함이 느껴졌다. 진리의 집에는 아무도 없었다.

'진리 부모님은 도대체 언제 오시는 거야?'

배가 고픈 나는 부엌으로 가서 냉장고를 열었다. 딱딱한 식빵이 있었다. 식빵을 꺼내서 전자레인지에 넣고 돌렸다. 유통기간이 거의 다 된 우유 한 잔과 식빵으로 배를 채우고 나니 빛나가 오기로 했던 시간이 되었다.

아파트 단지 안에 있는 놀이터에서는 삐걱삐걱 그네를 타는 소리가 났다. 오래된 놀이터라 그런지, 늦은 밤이라 그런지 그 소리가 유난히도 크게 들렸다.

"진리야!"

"빛나야!"

빛나의 눈에서는 곧 눈물이 떨어질 것만 같았다.

"무슨 일이야?"

빛나는 아무 말도 하지 못하고 계속 그네만 움직였다.

"왜 그래?"

"나……"

"응, 그래. 말해 봐."

"임신했어."

"어? 응?"

"임신한 것…… 같아."

"무슨 소리야? 애 아빠는 누구고?"

"그건 말할 수 없어. 어떡해. 나 어떡하니?"

나도 정신이 없어서 아무 말도 할 수 없었다. 이럴 때는 어떻게 해야 하는지 잘 모르겠다.

"일단 부모님께 말씀드려야 하지 않아?"

"안 돼. 난리나지. 집에서 쫓겨날지도 몰라."

"아니. 그렇다고 계속 숨길 수도 없잖아. 임신시킨 사람한테 가서 말해."

"말한다고 뭐가 달라지는데. 애 지우라고 하겠지. 책임질 수도 없는 나이잖아."

"누군데 그래."

빛나는 아무 말도 하지 않은 채 계속 울었다.

"미혼모보호센터 이런 거 있지 않아?"

"나보고 중학생 미혼모가 되라고? 절대 그럴 수 없어."

"그럼 어떡하려고?"

"혹시 가진 돈 있어? 지워야겠어."

"빛나야. 우리 다른 방법을 생각해 보자."

"지금 네 일 아니라고 그렇게 말하지? 너한테 찾아온 내가 잘못이야."

빛나는 일어나서 집으로 가려고 했다. 이렇게 보내면 더 이상 연락하지 않을 것 같아서 빛나를 붙잡았다.

"임신인 것은 확실해?"

"생리를 안 해서 약국에서 테스트기 사다 해 봤어. 맞는 거 같아."

"병원부터 가 보자. 나랑 같이 가자."

"나 아직 못 가겠어. 너무 무서워. 어떻게 해야 할지 모르겠어."

사실 나도 어찌해야 할지 모르겠다. 이런 일은 나도 처음이다. 물론 처음이 아니면 안 되지만 말이다. 함부로 상담도 못 하겠다. 빛나가 임신한 사실이 학교에 퍼지기라도 하면 큰일이다. 그래도 빛나 부모님은 아셔야 하지 않을까 싶었다.

'도대체 빛나를 임신시킨 남자는 누구지?'

"빛나야, 일단 오늘은 집에 가서 자고 내일 같이 병원에 가 보자."

나는 바로 옆 아파트 단지에 사는 빛나를 데려다주고 집으로 돌아왔다. 진리로서 산 하루가 너무나도 길게 느껴졌다.

참을 수 없는 연애의 가벼움

벌써 11시가 넘었다. 집에 들어가니 거실에 불이 켜져 있었다.

"이진리! 어디 다녀오니?"

진리 엄마였다.

"엄마."

"너 이리 와 봐."

목소리가 차가웠다.

"너 성적이 이게 뭐야? 왜 계속 떨어져. 남자 친구를 사귀고 나서부터 이 모양인 거 알아, 몰라?"

진리의 성적표를 보았다. 이 정도일 줄은 몰랐다.

'거의 바닥이네.'

"같은 학원을 다녀도 민희는 반에서 1등인데, 너는 왜 점수가 이 모양이니?"

"나도 몰라."

공부를 민희만큼 잘하는 방법이 있다면 나도 잘하고 싶다.

"네 남자 친구는 과학고 다닌다며. 공부 어떻게 했는지 한번 물어봐. 나라면 창피해서 안 만나겠다. 다 때려치워!"

나는 진리 엄마의 잔소리를 뒤로 한 채 방으로 들어갔다. 다음 날 빛나는 학교에 나오지 않았고, 아무리 전화를 해도 받지 않았다.

'도대체 어디로 간 거지.'

학원에서 수업을 듣는 내내 집중이 되지 않았다. 수업이 끝나고 만난 재혁 오빠는 쌀쌀맞게 대했다.

"오늘 오빠가 친구랑 약속이 있어서 집에 데려다주지 못하겠다."

"내가 애도 아니고 혼자 가면 되지 뭐."

나는 학원을 나와 집으로 향했다. 정류장에서 버스를 기다리는데, 갑자기 음료수를 먹다가 의자 위에 핸드폰을 두고 온 것이 기억났다. 다시 학원으로 발길을 돌렸다. 학원 안으로 들어가 휴게실 의자 위에서 핸드폰을 발견했다. 그때 계단 쪽에서 재혁 오빠의 목소리가 들렸다.

"나랑 사귀자."

"오빠는 진리라는 애랑 만나잖아."

"이제 안 만나려고. 도저히 못 만나겠어. 무슨 수녀님이랑 사귀는 것 같아."

나는 깜짝 놀라서 핸드폰을 떨어뜨렸다. 그리고 재혁 오빠와 그 옆에 있는 여자애와 눈이 마주쳤다.

"진리야."

재혁 오빠가 불렀지만 나는 뒤돌아 걸어갔다. 재혁 오빠 역시도 뒤돌아서 가 버렸다. 돌아오는 길에 핸드폰을 열어 그동안 진리가 재혁 오빠와 주고받았던 메시지들을 살펴보았다.

이진리
오빠, 지금 여자랑 있지?

이진리
왜 답을 안 해?

진리가 거의 일방적으로 연락을 하고 있었다. 재혁 오빠가 보낸 카톡은 한참 후에 와 있었다.

박재혁
왜 자꾸 연락하는데?

이진리
학원 끝나지 않았어? 왜 연락 안 해?

박재혁

늦게 끝났어. 바빴어.

아마도 진리가 바로 전화를 했나 보다. 카톡 메시지에 짜증이 배어 있었다.

박재혁

프사 사진 커플 사진으로 바꿨어. 이제 됐지?

그 당시 진리는 우리에게 이렇게 자랑했었다.

"오빠는 내가 너무 좋대. 이렇게 프사 사진까지 바꾸고 말이야."

진리는 매번 수학도 잘하고 유머 감각도 있고 키도 크고 외모도 멋지다며 남자 친구를 자랑했었다. 남자 친구가 먼저 학원에서 진리에게 핸드폰 번호를 물어보았고, 연락이 와서 만나다 사귀게 되었다고 했다. 이후로도 끊임없이 남자 친구 자랑을 해 댔고, 그럴 때마다 친구들은 부러운 눈으로 진리를 바라보고는 했다.

어쩌면 진리는 나보다 더 외로운지도 모르겠다. 왜 그렇게 끊임없이 남자 친구를 사귀고, 남자 친구 자랑에 열을 올렸는지 알 것 같았다. 누군가에게 사랑받고 있다는 것을 확인하고 싶었을 것이다.

프사의 남자 친구와 다정하게 찍은 사진은 남자 친구와 문제가 있다는 뜻이었다. 그리고 남자 친구가 자꾸 바뀌는 것은 인기가 있다는 뜻이 아니라 불안정한 진리의 마음을 나타내는 것이었겠지.

나에게 달콤한 쿠키 냄새가 행복한 냄새가 아니었듯, 진리에게 남자 친구가 준 선물들은 사랑의 냄새가 아니었을 것이다.

진리의 핸드폰이 울렸다. 발신자가 왕우석이었다. 우리 오빠 이름이다.

"여보세요."

"너, 나랑 사귈 때도 손잡는 것 이상은 안 된다고 하더니 재혁이한테도 그러고 있냐? 재혁이가 자기를 무시하는 것 같다고 너 만나기 싫대."

"이걸 나한테 왜 말하는데?"

"사귀면서 손만 잡자는 구시대적인 발상은 좀 깨라고. 깼으면 좋겠다고. 나 얼마 전에 네 친구 빛나랑 잤다."

'그, 그럼 빛나 애 아빠가 우리 오빠란 말야?'

"그럼 빛나랑 지금 연락해?"

"아니. 연락이 안 돼. 안 그래도 그거 때문에 연락한 거야. 넌 빛나랑 친하잖아. 왜 빛나랑 연락이 안 되냐?"

'이 나쁜 자식이 정말.'

"빛나 임신했대."

"어? 무슨 소리야? 지금 누구 인생 망칠 일 있어? 무슨 소리 하는 거야?"

"빛나가 아니라 네 인생 망칠까 봐 더 걱정되나 보지? 지금 빛나하고 연락이 안 된다고! 오늘 학교에도 안 나왔어. 나랑 빛나 집에 같이 가 보자."

"내가 왜 가. 내가 임신시켰는지 아닌지 어떻게 알아?"

"뭐야? 나쁜 놈. 오빠는 빛나와 그렇고 그런 관계였다며? 지금 당장 우리 집 앞으로 와! 안 오면 내가 오빠 학교에 가서 소문 낼 거야."

빛나가 걱정되어서인지, 내 협박 때문인지는 모르겠지만 우석 오빠는 진짜로 우리 집(아니 진리 집이지) 앞으로 왔다. 내게 전화를 걸어 다급한 목소리로 다 왔다며 내려오라고 했다. 나는 우석 오빠를 끌고 빛나 집 쪽으로 향했다. 그때 아파트 통로에서 빛나가 나오고 있었다.

"빛나야!"

빛나는 나와 우석 오빠를 보자 다시 집으로 도망쳐 들어가려고 했다. 나는 빛나를 붙잡았다.

"이 오빠가 너 임신시킨 거지?"

빛나는 아무 말도 하지 않았다.

"병원 가! 병원! 처음부터 책임질 일은 하지 말았어야지!"

나는 내일 병원에서 만나기로 하고 빛나와 우석 오빠를 아파트 통로에 남겨놓고 집으로 돌아갔다. 진리의 집에는 역시나 아무도 없었다. 텅텅 빈 진리의 집은 내 마음만큼이나 공허해 보였다.

이빛나

진리야. 임신 아니래.

다음 날 오후, 빛나에게서 문자가 왔다. 문자에서 빛나의 안도하는 마음이 그대로 느껴졌다. 그리고 한참 후에 빛나에게서 문자가 한 통 더 왔다.

이빛나

이제 나... 내 몸을 소중히 하려고.
남자 친구랑 자는 것은 지금은 아닌 거 같아.

빛나도, 진리도 모두 남자 친구와 헤어졌다. 지금은 남자 친구보다는 스스로에게, 자신의 미래에 집중하는 것이 더 필요할지도 모르겠다. 남자 친구보다도 나 자신이 더 소중하니까.

고물상의 두 번째 손님, 이진리

"이진리! 왜 또 성적이 이 모양이야? 왜 점점 떨어져? 내가 왜 이 고생을 하는데? 남자나 만나고 다니니까 성적이 떨어지지!"

그렇다. 나 이진리에게 가장 큰 약점은 바로 성적이다. 성적을 걱정하는 것은 곧 내 진로와 미래를 걱정하는 것으로 이어진다.

"엄마는 나한테 관심도 없잖아. 엄마가 밖에서 돈을 버는 이유가 꼭 나 때문이야?"

'얼마 전 남자 친구와 헤어져서 안 그래도 우울해 죽겠는데 엄마는 또 공부, 공부 타령이잖아.'

끊임없이 남자 친구를 사귀던 그 순간만큼은 내가 사랑받는다고 느껴져서 좋았다. 하지만 재혁 오빠와 헤어진 후로 왠지 기운이 없었다.

엄마는 항상 나 때문에 일한다고 말한다. 하지만 나는 오히려 엄마가 집에 있었으면 좋겠다. 아니, 적어도 저녁밥만이라도 다 같이 먹었으면 좋겠다. 나는 어릴 때부터 나 때문에 바쁘다는 엄마 이야기를 들으면서 자랐다. 내가 공부를 잘하게 되면 엄마가 밖에 안 나가지 않을까 하는 엉뚱한 생각을 해 본다.

나는 공부를 못한다. → 내가 공부를 잘하게 하려면 학원을 보내야 한다. → 엄마는 밖에 나가서 돈을 버신다. → 엄마는 돈을 더 벌어 오라며 아빠에게 잔소리를 하신다. → 스트레스를 받은 아빠는 집에 늦게 들어오신다.

하지만 엉뚱한 생각이 아닐지도 모르겠다. 모든 문제의 출발점은 내 '못난' 성적표이다. 그래서 그렇게 과학고등학교에 다니는 오빠들에게 이리 끌려다니고, 저리 끌려다니는가 보다. 성격이 더럽고 여자를 함부로 대할지라도 나보다는 머리가 좋으니까. 또 '잘난' 성적표를 받아 보며 뿌듯해하는 부모님의 표정을 볼 수 있을 테니까 말이다.

재혁 오빠는 나와 헤어지자마자 바로 다른 여자애와 활짝 웃고 있는 사진을 카톡 프사 사진으로 올렸다.

'재혁 오빠도 내가 공부를 못해서 싫어한 거야. 지금 사귀는 애는 같은 과학고에 다닌다잖아. 나는 자격 미달이었던 거지 뭐. 스

킨십은 그냥 핑계였어.'

그날이었다. 학교 인터넷 카페에서 괴상한 글을 본 것이 말이다. 찬물, 더운물 가릴 처지가 아니었다. 그래서 나는 바로 댓글을 달았다.

〈팜므파탈〉 9월 9일 수요일 밤 9시 30분에 예약합니다.

└ **〈수상한 고물상〉** 네. 팜므파탈님, 예약되셨습니다. 부러운 사람을 생각해서 잊지 않고 오시기 바랍니다.

생각보다 간단했다. 내일 밤, 학원 끝나고 바로 가면 되겠다. '그런데 수상한 고물상은 어떤 곳이지?'

다음 날 학원이 끝난 후 나는 바로 수상한 고물상으로 향했다. 인터넷에 올라온 약도를 보니 학원에서 그렇게 멀지 않았다. 수상한 고물상까지 가는 길은 가로등 하나 없이 어두컴컴했다. 지금 생각하면 어떻게 의심도 하지 않고 거기까지 갔나 싶다. 그것이 바로 운명이라는 거겠지.

"수상한 고물상 찾아오셨나요?"

'시간에 맞춰 기다리고 있었구나.'

"네."

"어? 진리야?"

"어? 심아. 네가 하는 거야?"

"응. 사정은 알 것 없고, 들어가자."

"여기 찾아오는 우리 학교 학생들 많니?"

"사적인 정보는 알려 줄 수 없어."

"그래."

"너도 네 나름의 고민이 있어서 온 거잖아. 네가 올지는 몰랐는데."

"그러게. 일단 너니까 안심이 된다. 이상한 곳이면 어떡할 뻔했어."

고심이는 익숙한 듯 이상한 가루를 나에게 뿌렸고 호리병에 입김을 불어넣으라고 했다.

"자, 그럼 이 타자기로 종이에 네가 부러워하는 사람과 부러운 점을 써."

"응. 알았어."

망설임 하나 없는 고심이의 태도에 나는 정말로 이것이 진짜인지, 어떻게 된 것인지 물어볼 생각조차 하지 못했다. 이유는 모르겠지만 모두 진실인 것만 같았기 때문이다.

그리고 여기 오는 손님들 누구나 그랬던 것처럼 나 이진리도 부러워하는 사람의 이름을 썼다.

'우리 반 1등 김. 민. 희.'

이진리, 우리 반 1등 김민희가 되다

"꺅!"

나는 놀라서 소리를 질렀다.

"김민희! 왜 소리는 지르고 그래? 엄마 지금 통화 중이잖아!"

거실에 있던 민희 엄마가 방을 향해 소리를 질렀다.

"그래? 태웅이가 이번에 전교 1등을 했다고? 우리 민희야 반에서 1등하는 정도지 뭐. 태웅이는 학원 뭐 보내? …… 그렇구나. 잘하는 애들은 혼자서도 잘하지."

거실에서 계속 전화 목소리가 들렸다.

'여긴 민희 방일 테고, 저 목소리는 민희 엄마일 테고.'

민희 방은 평범했다. 책상이 하나 있고, 침대가 하나 있고, 책장이 하나 있었다.

'1등 방도 똑같군. 도대체 1등은 어떻게 하는 거야?'

그때였다. 민희 방문이 벌컥 열리더니 민희 엄마가 들어왔다.

"김민희! 지금 뭐하는 거야? 아직도 침대에 붙어 있어? 태웅이는 이번에도 전교 1등을 했다는데 너는 자극도 안 받니?"

민희는 우리 반 1등이었다. 전교 등수로 따져도 전교 5등 안에 드는 수재였다. 그런 애를 이렇게 구박할 것까지야 있나? 그런데 태웅이는 누구야?

"사촌이면 같은 피야. 그런데 왜 이렇게 너랑 다르니?"

민희 엄마의 잔소리와 등짝 스매싱이 내 현실을 번쩍 깨닫게 했다. 'Welcome to 공부 정글'

"수학 과외 선생님 오실 시간이다. 정신 똑바로 차리고 수업 들어. 이번에 하나 틀린 문제도 충분히 다 맞을 수 있었잖아."

'와, 진짜 내 시험지 보면 민희 엄마 쓰러지시겠다. 전교 5등한 민희도 잘한 거잖아. 전교 1등이랑 전교 5등이 그렇게 다르나?'

"민희야, 선생님 오셨다."

40대 중반으로 보이는 여자가 민희 방으로 들어왔다.

"이번 시험지 꺼내 봐."

"네?"

'민희 시험지가 어디 있는지 내가 어떻게 알아?'

일단 책상 서랍이나 책가방에 있을까 싶어서 먼저 가방부터 열어 보았다. 수많은 문제집이 나를 바라보고 있었다. 다행히 시험지를 가지런히 정리해서 넣어 놓은 서류철을 발견했다.

'역시 민희답네.'

"이번에 한 문제 틀렸다고 어머니께서 걱정 많이 하시더라. 선생님이 지난번에 나올 수 있다고 알려 주었던 문제잖아. 선생님과 같이 다시 한 번 풀어 보자."

'큰일이다. 나는 분명 풀지 못할 텐데.'

민희가 된다는 것은 민희의 지식 상태와 지능도 갖는다는 것일까? 아니면 민희의 몸만 갖는 것일까? 그것까지는 고심이에게서 듣지 못했다. 일단 문제를 보았다. 그리고 샤프로 풀이 과정을 쓰기 시작했다.

"그래. 그렇게 풀면 되는 것을 왜 틀렸어!"

민희의 지식 상태와 지능도 갖나 보다.

'와, 이거 엄청 신기한 타자기네. 진짜 내 세상이구나!'

공부를 잘하고 싶다는 평생소원을 타자기에 몇 번 두드리는 순간 이룰 수 있게 된 것이다. 민희가 전교 1등이 아니어도 상관없다. 전교 120등에서 5등으로 신분 상승했다!

무사히 수학 과외수업을 끝마쳤다.

"민희야! 곧 영어 학원에 갈 시간이야. 간식 먹고 가."

'또 영어 학원? 하긴 저절로 공부를 잘할 수는 없겠지. 열심히 했으니까 잘하는 거겠지.'

민희 엄마는 따끈따끈하게 삶은 감자를 방으로 가져왔다. 그리고 내 옆에 앉아서 삶은 감자 껍질을 까며 이야기를 시작했다.

"큰아빠랑 너희 아빠랑 사는 모습이 어찌 이리 다르니? 공부를 잘한 큰아빠는 의사가 되어서 보란 듯이 떵떵거리며 살잖아. 하고 싶은 거 다 하고 말이지. 이번에도 가족끼리 해외여행을 다녀왔대. 네 작은아빠는 또 어떻고. 교수가 아무나 되니? 서울대 나와서 국가에서 돈 받으며 유학 다녀왔지. 갔다 와서는 바로 저렇게 대학교수가 되니, 네 작은엄마 표정 봤지? 얼마나 당당하니? 그런데 너희 아빠만 이게 뭐니? 엄마가 쥐꼬리만 한 너희 아빠 월급을 쪼개고 쪼개서 너희 학원도 보내고 살림도 하는 것을 너도 잘 알잖아. 네가 몇 년만 꾹 참고 공부하면 좋은 대학에 갈 수 있을 테고, 그러면 좋은 직업도 얻을 수 있어. 그럼 네 인생도 달라질 거야."

민희 아빠 역시도 남들이 알 만한 회사에 다닌다. 민희 엄마는 그것으로 만족하지 못하나 보다.

"엄마가 안 쓰면서 너희 과외를 받게 하고, 학원을 보내는 이유가 뭐겠어. 다 너희들 보란 듯이 살라고 그런 거야."

'누구 보란 듯이겠지. 남들 보란 듯이 사는 게 목표군.'

민희 엄마는 민희를 좋은 대학에 보내는 것이 목표인 듯했다. 학원 하나 다니지 않은 민희가 스스로 열심히 공부해서 좋은 대학에 갔다는 말을 친척들에게 하고 싶은 듯했다.

"아이고, 영어 학원 차 올 시간 됐다. 빨리 나가야지. 여태 감자 하나를 못 먹었어?"

'저런 이야기를 들으면서 퍽퍽한 감자가 목으로 잘도 넘어가겠네요.'

민희 엄마는 손에 감자 하나를 쥐어 주면서 열심히 공부하고 오라고 말했다.

불면증에 시달리는 가엾은 김민희

나는 아파트 앞으로 오는 영어 학원 버스에 몸을 실었다. 이 시간에는 이진리도 학원에서 수업을 듣고 있을 것이다. 단지 차이가 있다면 집중하지 않고 카톡을 할 사람을 찾고 있었겠지. 재혁 오빠와는 헤어졌으니 다른 남자애 누구에게 카톡을 보낼까 고민하고 있었을 것이다.

"민희야, 너 학원 앞에 붙은 시험 등수 봤어?"

다음 아파트 단지에서 버스를 탄 예소가 말을 걸며 내 옆자리에 앉았다. 예소는 민희의 학원 친구이다.

"무슨 등수?"

"지난달에 본 학원 시험 등수. 게시판에 붙었어."

'등수를 게시판에 붙여 놓는다고?

"너 이번에 등수 떨어졌더라?"

"아, 그래?"

민희가 되고부터 나는 무슨 주식의 한 종목이 된 것 같다. 내 성적이 상한가를 쳤는지, 떨어졌는지 나보다도 주변에서 더 평가하고 난리들이었다.

"이번에 성적 엄청 오른 애가 있더라고."

"누구?"

"왕건희."

"아…… 걔는 원래 잘하지 않았나?"

"지난번엔 떨어졌었어. 이 악물고 공부했나 봐. 너도 이제 이 악물고 공부하겠네? 김민희 영어 하나는 기막히게 잘했잖아."

"한 번 떨어졌다고 세상 무너지냐?"

"오! 세상 무너질 것처럼 군 게 누구더라. 너 성적 한 번 떨어지면 다음 달 시험 성적 나올 때까지는 세상 무너진 것처럼 굴잖아. 한 달 동안 너희 엄마 구박이 시작된다면서."

"내 인생이지, 엄마 인생이냐?"

"김민희 너답지 않은데?"

민희다운 것은 한 달 내내 시험 성적 때문에 기죽어 사는 건가. 영어 수업이 시작되었다.

"김민희! 이번에 성적이 많이 떨어졌다. 다음 시험에서는 올리도록 해."

선생님이 갑자기 나를 보고 말했다.

"네."

이진리일 때는 신경도 안 쓰던 시험 성적이 김민희가 되고 나니 신경 쓰이기 시작했다. 학원에는 자습실이 있었다. 수업이 끝나면 반드시 자습실에서 공부를 하고 가야 했다.

'공부를 잘하는 아이들은 일단 공부를 많이 하는구나. 휴.'

자습실에 들어가니 책상에 숫자와 이름이 붙어 있었다.

"와! 나는 이때가 제일 서글프더라."

한 남학생이 큰 소리로 말하며 책상 서랍에 있던 자기 물건들을 꺼내서 옮기기 시작했다. 눈치로 보아 하니 등수대로 앉는 것 같았다. 김민희라는 이름 옆에는 12라는 숫자가 붙어 있었다. 한 반에 20명의 친구들이 공부하고 있었다.

'학원에서 20명 중에 12등을 했구나. 매달 시험을 볼 때마다 올라갔다 내려갔다 하면서 자리를 옮기다니…….'

그렇게 짐을 옮기고 자습을 시작하는데 갑자기 잠이 쏟아졌다. 몸이 나른하면서 머리가 아프고 눈이 흐릿했다.

'몸이 왜 이런담.'

힘겹게 자습을 끝내고 집으로 돌아갔다. 자습하는 내내 몸이 안 좋아 집에 가서 빨리 쉬어야겠다는 생각만 했다.

"김민희! 이리 와 봐!"

현관문을 열기가 무섭게 민희 엄마의 목소리가 들렸다.

"이번 달 학원 시험 성적 문자로 받았는데, 성적이 이게 뭐니? 이래서 어떻게 대학에 갈 수 있겠어. 창피해서 엄마가 얼굴을 들고 다닐 수가 없어."

'엄마가 자랑스럽게 얼굴을 들고 다니라고 공부하는 게 아니잖아요! 민희 엄마는 민희가 공부를 잘해야만 사랑하시죠.'라고 마음속으로 소리를 질렀다.

입을 꾹 다물고 민희 엄마의 잔소리 종합세트를 가만히 들었다.

하소연(엄마, 아빠가 왜 이 고생을 하는데)

부모님 어린 시절(너는 누굴 닮아서)

엄마 친구 아들, 딸, 친척을 통한 모든 비교급(태웅이는 학원도 안 다니고도)

비난(커서 뭐 먹고 살겠니, 동생은 뭘 보고 배우겠니)

+ **협박**(그럴 거면 학원 당장 끊어라)

잔소리 종합세트

한 마디, 한 마디가 마음을 긁어 대고 있었다.

'도대체 공부는 왜 해야 하는 걸까?'

자려고 침대에 누웠지만 그렇게 피곤했는데도 잠은 오지 않았다. 잠을 자고 싶어 죽을 것 같은데 잠을 잘 수가 없었다. 그렇게 한 시간, 두 시간, 세 시간이 지났고, 어느새 창문 밖으로 새벽빛이 부옇게 밝아 왔다.

뜬눈으로 밤을 지새운 것이다. 온몸 구석구석의 피곤함을 청소하고 녹여야 하는 시간인데, 잠은 들지 못하고 눈만 감고 있었던 것이다. 이 찝찝한 기분은 직접 겪어 보지 않으면 모른다.

다음 날은 겨우 학교에 갔다. 수업 시간에 선생님 말이 들렸다 안 들렸다 했다. 슬슬 눈꺼풀이 아래로 내려오기 시작했다. 간신히 수업을 들은 나는 쉬는 시간이 되자 책상 위로 엎드렸다. 그때 한 친구가 나에게 다가왔다.

"민희야, 요즘 괜찮아?"

"뭐가?"

"너…… 스트레스 때문에 잠을 못 잤잖아. 불면증 때문에 수면 유도제 먹고 잔다고 해서 걱정 많이 했어."

'평소 민희가 불면증을 겪고 있었구나. 그래서 내 몸이 지금……'

"어, 그러게. 힘드네."

"어떡하니. 운동이라도 해 봐."

"그래."

그날 저녁, 줄넘기를 들고 집 앞에 있는 초등학교 운동장에 갔다. 어떻게든 오늘 밤에는 자고 싶었다. 잠을 자야 수업을 듣든지,

공부를 하든지 할 게 아닌가. 운동장을 뛰고, 또 뛰었다. 온몸이 긴장하여 근육이 수축할 대로 수축한 것 같았다. 하지만 몸을 더 피곤하게 해야 한다는 생각밖에 들지 않았다. 집으로 돌아와 따뜻한 물로 샤워를 하고 나니 오늘은 잠을 잘 수 있을 것 같았다.

"운동하고 왔니? 그래, 몸이 피곤해야 잠이 잘 오지. 불면증처럼 호강에 겨운 병도 없을 거다. 그건 병도 아니야. 엄마 어릴 적에는 그런 건 생각도 못할 정도로 힘들었어."

민희 엄마의 말을 뒤로 하고 침대에 누웠다. 아마도 잠의 나라에 병정이 있어 나는 들어가지 못하게 막은 듯하다. 아침에 일어나니 다크서클이 눈 아래까지 내려왔다.

지칠 때까지 아무리 운동장을 뛰고 줄넘기를 해도 막상 침대에 누우면 오히려 정신은 맑아졌다. 그렇다고 책상에 앉아 공부를 할 수도 없었다. 피곤하여 몸이 바위처럼 무거웠기 때문이다. 그렇게 며칠을 보내고 나니 사람이 우울해졌다. 민희의 필통 안에 들어 있던 알약이 생각났다. 수면유도제였다. 꿀꺽 약을 삼키고는 다시 누웠다. 뭔가 몸이 풀어진 고무줄처럼 느슨해졌다. 거우 살얼음 위를 걷듯 얕은 잠에 빠졌다.

결국 다음 날 '신경정신과' 병원을 찾아갔다.

"무슨 일로 오셨나요?"

"잠을 잘 못 자요."

"요즘 스트레스나 고민이 있어요?"

"성적이 자꾸 떨어져서 스트레스예요. 피곤해서 침대에 누워도 잠이 오지 않아요. 잠을 못 자서 힘들다고 하면 부모님도, 친구들도 몸이 덜 피곤해서 그렇다고, 공부를 열심히 안 해서 그렇다고만 해요. 그런 이야기들을 들으면 성적이 떨어졌다는 죄책감이 더 심해져요."

의사 선생님은 마음을 편하게 가지라고 했는데, 그 소리조차 내 마음을 불편하게 했다. 한 번 잠을 못 자기 시작하면 불면증의 굴레에 들어가게 된다.

잠을 못 잔다. → 낮에 활동하지 못한다. → 피곤해서 몽롱한 상태로 하루를 보내다가 겨우 잠깐 잠이 든다. → 밤이 된다. → 피곤해서 몸을 눕는다. → 몸은 피곤한데 정신은 말짱한 상태로 밤을 샌다. → 잠을 못 잔다.

이렇게 악순환이 계속되는 것이다. 민희의 잠 못 드는 밤은 성적이 떨어진 이후로 계속되었다.

공짜 인생은 없다

잠을 못 자도 학교와 학원은 계속 가야 한다. 오늘도 영어 학원 버스에 몸을 실었다.

"민희야! 요즘 왜 이렇게 표정이 안 좋아."

"응. 내가 요즘 잠을 좀 못 자."

"스트레스를 많이 받는구나. 종종 이런 생각이 들어. 마치 출구가 없는 경기장에 입장한 것 같다는……. 트랙을 돌고 돌아 1등도 생기고, 꼴등도 생겨. 물론 중간에 기권한 채 의자에 앉아서 구경하는 친구들도 생기지. 하지만 포기하지 않는다고 해서 출구가 나타나는 것도 아니야. 1등으로 고등학교에 가면 뭐해. 또 다른 경기가 시작되지. 대학을 가고, 사회에 나오고. 그렇게 열심히 달린 대가로 간혹 운 좋게 맛있는 것도 먹고, 좋은 옷도 입어. 그럼 공부 못한 애는 맛있는 거 먹을 수도, 좋은 거 사 입을 수도 없는 거야? 나도 어떨 때는 기권하고 의자에 앉고 싶어. 그런데 학원을 끊으면 사실 부모님보다도 내가 더 불안해."

예소가 이렇게까지 깊게 생각하고 있었다니 좀 놀랐다.

"그런데 공부를 잘하면 좋은 점도 많은 것 같아. 일단 주변에서 얼마나 인정해 주니? 물론 나중에 잘 살 수 있는 확률도 높고 말이야."

나는 예소 말에 반박하듯 말했다.

"맞아. 세상에 공짜는 없지. 우리 아빠는 공짜는 힘과 돈을 들이지 않고 거저 얻는 거라며 조심해야 한다고 매번 말씀하셔. 열심히 경기를 뛰다 보면 결국은 보상을 받을 수 있잖아. 이게 자본주의 사회의 특성이지. 그나마 신분 상승할 수 있는 수단이 공부잖아."

"어려운 말을 하는구나. 나는 공부를 잘하면 그저 좋을 줄 알았어. 그런데 아니더라고."

"응? 무슨 말이야?"

"공부를 못해도 스트레스는 받잖아. 공부를 잘해도 스트레스를 받는 건 똑같아."

"스트레스 종류가 다르지. 그런데 공부를 못하는 아이들이 받는 스트레스를 네가 어떻게 알아."

예소의 물음에 순간 말문이 막혔다.

"드라마 같은 거 보면 알 수 있잖아."

나는 대충 얼버무렸다.

'너희들이 어떻게 알겠니. 공부 못하는 아이들의 마음을 말이야.'

스펙트럼의 띠로 분류하자면, 우리 집은 내 공부에 관심 무! 민희 집은 관심 과다!

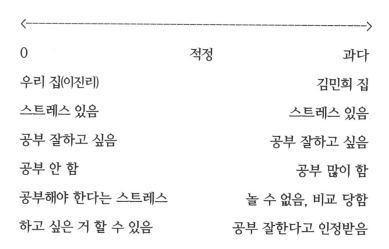

0	적정	과다
우리 집(이진리)		김민희 집
스트레스 있음		스트레스 있음
공부 잘하고 싶음		공부 잘하고 싶음
공부 안 함		공부 많이 함
공부해야 한다는 스트레스		놀 수 없음, 비교 당함
하고 싶은 거 할 수 있음		공부 잘한다고 인정받음

'공짜 점심은 없다'는 말은 경제학에서 중요하게 여기는 화두이다. 실제로 공짜로 얻을 수 있는 것은 하나도 없다. 민희는 민희 나름대로 1등이라는 자리를 유지하려고 엄청난 대가를 지불하고 있었다.

공부도 재능이다. 같은 시간을 쏟아도 사람마다 노력의 결과는 전혀 다르다. 민희에게 가장 결과가 좋은 작업은 공부이고, 공부하는 과정 속에서 성취감이나 행복감을 얻을 것이다. 우리는 백조의 화려한 겉모습만 보고 그 뒤에 물속에서 발버둥치는 발길질이 있다는 것을 알지 못한다. 민희는 친척들과 끊임없이 비교당하고, 상대적 열등감과 성적에 압박감을 느껴 불면증을 앓고 있었다. 1점에 울고 웃어야 하는 현실 속에서 자신과 끊임없이 싸우고 있었던 것이다.

"세상은 게임이야. 그리고 우리는 게임 캐릭터야. 어떤 캐릭터는 아이템이 많아서 유리한 상태에서 게임을 하지. 그렇게 끊임없이 싸우다가 이 경기장을 퇴장하는 거지. 그게 인생인 거 같아. 게임에 열심히 임하면 보상으로 우리는 돈을 얻어. 하지만 그 게임이 공정하지 않을 때가 많아서 문제지."

예소가 학원 버스에서 했던 말이 마음에 남았다. 내가 게임 캐릭터라면 나는 어떤 아이템을 갖고 싸우고 있을까? 공부 아이템은 아니다. 부모님이나 집안 아이템은 더더욱 아니다.

예소 말대로 우리는 출구 없는 경기장에서 끊임없이 달리기를 하고 있다. 운이 좋으면 취업도 할 수 있지만 달리기는 멈출 수 없다. 사회라는 경기장에서 그 트랙이 지금보다는 더 다양하기를 소망해 본다. 공부 아이템을 갖고 있는 민희는 공부 트랙에서 1등을 하고, 다른 아이템을 갖고 있는 나는 민희와는 다른 트랙에서 달리기를 하고 있었으면 좋겠다.

지금 상황에서 그나마 내 노력으로 가질 수 있는 아이템은 공부뿐이다. 수많은 남자 친구를 만나면서도 채우지 못했던 내 열등감과 외로움을 공부로 채울 수도 있겠다는 생각이 들었다.

어쩌면 그동안 핑계만 대고 있었는지도 모르겠다. 공부를 못하기 때문에 공부를 잘하는 친구들은 뭔가 특별할 것만 같았다. 그들도 열심히 노력했기에 공부를 잘한 것인데 말이다. 공부를 잘한다고 갑자기 내 모든 고민이 사라진다거나, 우리 집이 잘살게 된다거나, 엄마 아빠가 일찍 들어온다거나, 남자 친구가 나를 엄청 사랑해 주지는 않을 것이다. 하지만 지금보다 내 자신에게 더 당당할 수는 있지 않을까. 무언가를 열심히 해 보았다는 것 자체가 지금 나에게는 일종의 신분 상승일 듯하다.

'이진리 너도 한번 뛰어 봐. 부러워하지만 말고 말이야. 이러다가 그냥 퇴장하는 건 조금 아깝잖아.'

고물상의 세 번째 손님, 김민희

내 이름은 김민희. 다들 여성스럽고 예쁜 이름이라고들 말한다. 그런데 내게 엄마가 매번 하는 소리를 들으면 내 이름과 외모에 모순이 있다는 것을 알게 된다.

"민희야, 대학 가면 살은 다 빠져. 괜찮아, 이거 먹어."

그렇다. 우리 엄마는 매번 저렇게 먹을 것을 권한다. 내가 살이 찐 것을 엄마 탓으로 돌리는 것은 내 절제력이 부족하다고 인정하고 싶지 않아서인지도 모른다.

학원을 가기 전에 엄마가 준 피자를 먹고 무거운 몸을 일으켰다. 그러다 대학을 가면 살이 빠진다는 엄마 말에 처음으로 의심이 들기 시작했다.

'엄마도 대학을 나왔는데, 어째서 살이 안 빠졌지?'

"엄마는 대학 가서 살 안 빠지셨어?"

엄마는 아무 말없이 살며시 웃더니 "엄마 때랑 너 때랑 같니?" 하고 말했다.

'뭐가 다르다는 거야. 그래도 엄마는 다행하게도 아빠랑 결혼은 했구먼.'

나는 어릴 때부터 엄마가 공개수업에 오는 것이 싫었다. 엄마 몸집이 거대해서 다른 엄마들 사이에 있으면 유독 눈에 띄었다. 엄마 얼굴을 보면 분명 예쁜 얼굴이다. 물론 살만 빼면 말이다. 나도 마찬가지다. 대학 가면 다 빠진다고 하지만 유전인 것 같다. 대학생이 되어도 여전히 나도 저렇게 뚱뚱하겠지. 그래서 초등학교 때부터 내 별명은 꿀돼지, 삼겹살, 제주흑돼지 등이었다. 남자애들은 나와 짝꿍을 하지 않으려 했고, 뒤에서 수군대면서 놀렸다. 선생님이 친구들을 혼내기도 했지만, 남자애들은 뒤에 가서 다시 놀리곤 했다.

그 놀림에 익숙하다는 것은 내 살이 더 단단해졌다는 것을 의미했다. 가장 아래에 깔린 지층이 더 단단하고 두껍듯, 어릴 때부터 내 살에 쌓여 있던 지방들은 점점 더 견고해지는 듯하다. 아무리 뛰어도 체중은 변하지 않았다. 변하지 않는 숫자가 대학에 간다고 갑자기 줄어드는 일 따위는 없을 것이다. 지방을 갑자기 근육으로 바꾸는 것은 구리나 납을 금이나 은으로 바꾸는 연금술과 같다.

중학생 여자애들은 외모에 관심이 많다. 남녀공학인 우리 학교에서 남자와 여자가 사귀는 것은 예삿일이다. 그러다 보니 여자애들은 똑같은 교복차림에서도 어떻게든 예뻐 보이려고 몸부림을 친다. 여자애들은 쉬는 시간이나 하교 시간이면 화장실 거울 앞이나 교실 거울 앞에 모여서 파우더나 틴트를 바른다. 거울을 보며 머리카락에 빗질을 하고, 가끔은 고데기로 머리카락도 만다. 그리고 비싼 점퍼를 교복 위에 겹쳐 입는다. 학원에 가면 친구들은 브랜드 로고가 박힌 옷과 가방, 운동화를 착용하고는 스냅백을 머리에 쓰고 있다. 그렇게 입고 있지 않으면 촌스러운 느낌이 들어서 참을 수가 없었다.

오늘 아침에도 여자애들과 함께 모여 빗질을 하면서 수다를 떨었다.

"교복 치마 줄여 입었다고 선생님한테 혼났어."

날씬하고 이름만큼 아름다운 성아름이다. 날씬한 아이들은 교복을 줄여 입어야 더 예쁘다. 성아름은 이름과 외모가 일치했다. 그에 반해 나는 코끼리 같은 다리를 내놓기가 부끄럽다.

"너희들 학교 카페에 올라온 글 봤어?"

"뭐?"

"부러워하는 사람이 될 수 있게 해 준다는 거."

"아! 봤어. 어이없지. 그런 걸 누가 믿는다고 올렸는지."

갑자기 귀가 번쩍했다.

'부러워하는 사람이 될 수 있다니 무슨 말이지?'

나는 학교 수업이 끝나기가 무섭게 핸드폰 전원을 켜고는 학교 인터넷 카페에 들어갔다. 사실 작년에 있었던 일 이후로는 카페에 접속한 적이 없었다. 갑자기 작년 일이 머릿속으로 스쳐 지나갔다.

"야, 이 퀴즈 좀 풀어 봐. 우리 학교 카페에 올라온 대박 퀴즈다!"

우리 반 반장이 갑자기 컴퓨터를 켜면서 말했다.

다음에서 소개한 학생은 누구일까?

- 우리 학교 학생이다.
- 급식소 아줌마들이 가장 무서워하는 존재이다.
- 교실에 앉아 있으면 이 사람이 걸어오는 것을 느낄 수 있다. 쿵. 쿵. 쿵.
- 놀랍게도 머리는 길다.
- 또 놀라운 것은 살덩어리가 어쩌면 생각 덩어리일지도 모를 만큼 공부는 잘한다.
- 초성이 ㄱ ㅁ ㅎ이다.

"이거 너무 어려운데?"

갑자기 우리 반 남자애들이 웃기 시작했다. 여자애들은 처음에

는 놀란 눈치더니 곧이어 따라서 웃기 시작했다. 나와 친한 아이
들은 아무 말도 하지 못하고 내 눈치만 슬슬 보았다.

누가 봐도 저것은 '김민희' 나를 말하는 것이고, 내 덩치를, 내
식욕을, 내 외모를 비꼬는 글이었으니까 말이다.

그때 아름이가 내 편을 들어 준답시고 한 마디 했다.

"그래도 민희는 성격이 좋잖아!"

"공부도 잘하고!"

그 말이 나를 더 비참하게 만들었다. 마치 예쁘면 성격이 좀 나
빠도 되고, 뚱뚱하면 성격이 좋아야 용서가 된다는 말처럼 들렸기
때문이다. 그래서 친구들에게 더 착하게 굴어야 할 것만 같았다.
물론 글은 운영자가 즉시 삭제했지만, 나는 그 후로 인터넷 카페
에는 들어가지 않았다.

'1년 만에 말도 안 되는 친구들의 수다에 또 카페에 들어가다니,
그때의 기억이 되살아날 것 같아.'

하지만 친구들이 하던 이야기가 머릿속에서 떠나지 않았다.

"부러운 사람이 되는 경험을 할 수 있대. 단 돈 3만 원에 말이
야. 실제로 해 본 사람이 있다는 소문이 돌고 있는 걸로 봐서 사기
는 아닌가 봐."

그 후로 게시판에 많은 글이 올라와서 그 글은 벌써 한참 뒤로
밀려나 있었다. 하지만 조회 수가 엄청났다. 댓글도 많이 달려 있

었다. 나도 바로 댓글을 달았다.

내 닉네임은 '최강미녀'였다. 닉네임을 보니 헛웃음이 나왔지만, 굳이 닉네임을 바꾸고 싶지는 않았다. 댓글을 달기가 무섭게 바로 답글이 달렸다.

ㄴ 〈**수상한 고물상**〉 내일 저녁 8시로 예약되셨습니다.

수상한 고물상이라는 곳에 들어가니 우리 반 고심이가 있었다. 그래도 같은 반 친구가 고물상을 하고 있어서 다행이라는 생각이 들었다. 고심은 이곳에 온 고객들의 정보는 무조건 비밀이고, 내가 어떤 경험을 했는지 역시 아무도 모른다고 했다. 다만 그 대가로 3만 원과 호리병만큼의 행복한 기억을 줘야 한다는 이상한 말만 했다.

'글쎄. 나에게 호리병만큼의 행복한 기억이 있을까?'

뚱뚱한 몸을 가졌기에 불행했던 기억들이 또 머릿속에 그림처럼 그려졌다.

"민희야, 아무래도 브래지어를 하는 게 좋겠다."

초등학교 4학년 담임선생님은 나를 살짝 불러서는 이렇게 말씀하셨다. 살이 쪄서 성장이 빨라 가슴이 일찍 나온 나를 다른 친구들이 놀리는 소리를 들으셨던 모양이다.

며칠이 지난 후 나는 화장실에서 울음을 터트렸다. 빨간 피가 팬티에 묻어 있었기 때문이다. 어찌해야 할지 몰랐다. 그렇게 꾹 참고 있다가 집으로 돌아와 눈물을 흘리면서 엄마한테 말했다.

"엄마, 나 죽나 봐."

"왜 그래? 민희야, 어디 아파?"

엄마는 피가 새어 나와 바지까지 젖어 있는 것을 보고 놀라셨다. 엄마는 나를 깨끗이 씻겨 주시고는 하얀 기저귀를 차는 방법도 알려 주셨다.

"민희야, 이제 민희는 진짜 여자가 된 거야."

남들보다 일찍 여자가 되었고, 불편해졌지만 뿌듯했다. 하지만 몇 달 후 화장실에 있는데 칸 밖에서 친한 친구들이 나누는 대화를 듣게 되었다.

"야, 민희 생리한대."

"생리가 뭐야?"

"피 흘리는 거. 생리를 해야 아기도 낳을 수 있어."

"무섭다."

"우리 엄마가 그랬는데 뚱뚱해서 일찍 시작한 거래."

"그러면 만날 피를 흘려?"

"나도 모르겠어. 그런데 엄청 더럽지 않냐?"

친했던 친구들과 멀어진 것도 그때부터였다.

'행복한 기억을 생각해야 하는데 뭐 저따위 기억들이 떠올라?'

나는 고개를 저었다. 그리고 타자기로 날씬해서 바람에 날아갈 듯 여려 보이는 성아름의 이름을 썼다.

ㅅ ㅓ ㅇ ㅇ ㅏ ㄹ ㅡ ㅁ

타자기의 자판을 두드리는 소리가 우렁찼다.

김민희,
연예인 연습생 성아름이 되다

"아름아, 더 뛰어! 더!"

'아름아?'

나는 내 눈앞에 있는 거울을 바라보았다. 러닝머신에서 성아름이 뛰고 있었다. 드디어 성아름이 된 것이다! 러닝머신에서 열심히 달리고 내려오니, 이번에는 근력을 길러야 한다고 다른 운동을 하란다.

"아름아! 그렇게 해서 오디션에 붙을 수 있겠어? 지금까지 떨어진 걸로 부족해! 평범한 아이들에 비하면 날씬하지만 그것만으로는 안 돼!"

아름이는 오디션을 준비 중이었나 보다. 친구들이 아름이에게 "배우해! 가수하든가! 너 정도면 충분하지 않아?"라고 할 때마다 아름이는 알 수 없는 미소를 짓고는 "아니야."라고 말했었다. 말은 그렇게 하면서도 계속해서 오디션을 보았나 보다. 죽을 것처럼 숨이 찼다. 나는 러닝머신에 있는 빨간색 정지 버튼을 누르고 아래쪽으로 내려왔다.

"근력 운동을 한 만큼 유산소 운동도 같이 해야 해! 또 오디션 본다며. 이번에는 합격해야지?"

"도저히, 도저히 못하겠어요."

"아름이 오늘 컨디션이 좋지 않나 보네."

"네. 몸이 좀 안 좋아서요."

"그래. 내일부터 열심히 하도록 해라."

아름이는 한 소속사의 연습생이었던 것이다. 그러면서 오디션을 준비하고 데뷔를 기대하고 있었다.

"네가 집이 멀어서 연습 시간이 좀 부족한 것 같아. 학교 끝나고 여기 와서 6시부터 연습을 시작하면 3~4시간 후에는 집에 가야 하잖아. 다른 아이들은 12시 넘어서까지 연습하고 가는데 말이지. 매일 그렇게 연습 시간이 차이가 나는데, 실력도 점점 벌어지지 않겠어."

'그래서 어쩌라는 거지?'

"네 부모님께 연락드릴 테니까 연습실 근처에 방을 구해서 자취해."

'도대체 하루에 몇 시간씩 연습해야 하는 거야.'

운동을 하고 나니 배가 요동을 쳤다. 영양분을 넣어 달라고 소동을 벌이고 있나 보다. 그때 매니저가 도시락을 들고 왔다.

"이거 먹고 연습실에서 안무 연습을 좀 더 한 다음 들어가자."

도시락을 열고는 기겁했다. 조그마한 닭 가슴살과 사과 한 조각이 들어 있는 샐러드였다.

"이거 먹고 어떻게 살아요! 지금까지 운동한 게 얼만데."

"죽을 것 같지? 다 살아져."

배고프니 뭐라도 먹어야 했다. 젓가락 몇 번 왔다 갔다 하니 귀신이 훔쳐 먹은 것처럼 음식이 사라져 버렸다.

"안무 연습실로 와!"

매니저의 목소리가 들렸다. 연습실로 들어가니 아름이보다 마른 아이들이 연습을 하고 있었다.

"이 친구는 이번에 새로 들어온 연습생 성아름이라고 한다! 서로 좋은 친구이자 경쟁자가 되었으면 좋겠다."

"반가워."

여자애들은 나를 째려보더니 다시 연습을 시작했다. 경쟁자가 또 한 명 들어왔다고 생각하는 것이 분명했다. 누가 언제, 먼저 데뷔할지 모르는 불안한 상황에서 텃세를 부리는 것은 충분히 이해하고도 남는다.

나도 친구들 틈에서 너무 배고파 배고픈지도 모른 채 춤 동작을 연습했다. 12시쯤 되니 연습이 끝났다.

"윤지, 너는 동작을 조금 더 연습하고 가."

'지금이 12시인데 더 하고 간다고? 세상에 쉬운 게 하나 없네.'

나는 연습실을 빠져나왔다. 몸에 기름칠을 해 줘야 할 때이다. 치킨이나 족발 생각이 간절했다.

"아름아!"

아름이 엄마가 데리러 왔다. 아름이 엄마 역시 날씬하면서 고상해 보였다.

"오늘 연습은 어땠어?"

"힘들었어."

"어째 너 어제보다 살이 좀 찐 것 같다?"

"무슨! 엄마! 나 치킨 한 마리만 먹으면 안 될까?"

"너 치킨 끊은 지 몇 년이야? 야식이 다이어트에 독인 거 몰라? 이제 겨우 오디션을 통과해서 연습생이 되었는데 마치 데뷔에 성공한 것처럼 구네."

할 말이 없었다. 잘 준비를 하고 씻고 누우니 몸 안의 지방세포들이 반란을 일으키기 시작했다. 도저히 참을 수가 없었다. 나는 옷을 갈아입고 조용히 현관문을 열고 밖으로 나갔다.

"압구정 로데오 거리로 가 주세요!"

이 시간에 여중생이 택시를 타고 번화가에 간다고 하니 택시 기사 아저씨가 이상하게 쳐다보았다.

"학생, 혹시 가출하는 거야?"

"아니요!"

"세상에는 좋은 사람이 많아. 나중에 후회할 선택은 하면 안
돼."

'지금 이 아저씨가 무슨 말을 하는 거야. 치킨 한 마리 먹겠다는
게 그렇게 후회할 만한 선택이야?'

"돈은 어렵게 벌어야 돈이지. 쉽게 벌려고 하면 안 돼. 학생! 힘
들더라도 이겨내야지."

"아저씨! 지금 무슨 생각하세요? 제가 원조교제로 몸이라도 판
다는 거예요?"

택시 기사 아저씨는 아무 말도 하지 않았다.

"치킨 한 마리 먹으려다가 별 오해를 다 받네! 여기서 내려 주
세요!"

'기분이 더럽다'는 표현은 이럴 때 사용하는 건가 보다. 어느새
새벽 한 시가 넘었지만 다행하게도 아직 영업 중인 치킨집이 있
었다.

"여기요! 프라이드, 양념 반반으로 한 마리 주세요!"

"포장이세요?"

"아니요! 여기서 먹고 가요!"

치킨 냄새가 벌써부터 나를 행복하게 만들었다. 치킨을 튀기는
그 시간이 너무나 길게 느껴졌다.

"치킨 나왔습니다!"

닭다리를 한입 깨물자 바삭한 튀김옷과 미끄러운 살이 함께 씹혔다. 거기에 촉촉한 머스터드 소스까지 곁들이니 천국이 따로 없었다. 아마 제정신으로 치킨을 먹은 건 아니었던 듯싶다. 그렇게 치킨을 먹고 나는 원래 있었던 것처럼 아름이 집으로 돌아가서 침대에 누웠다.

몸무게가 마르고 닳도록,
42kg 성아름

다음 날 학교에 갔다. 성아름으로서 첫 등교일이다. 날씬한 몸
매에 남자애들의 시선을 잔뜩 즐겨야지.

"아름아! 이거 이번에 엄마가 사 준 옷이야."

아름이와 친한 현주는 핸드폰에 있는 사진을 내게 보여 주며 말
했다. 딱 봐도 예쁜 옷이다.

"예쁘다. 그런데 우리는 어차피 교복 입고 학원 다니잖아. 언제
입어?"

"에이. 이번에 우리 수련회 가잖아. 거기 가면 수련회장에 멋진
대학생 오빠들이 교관으로 있을 텐데. 잘나가는 중학생이 입는 비
싼 옷으로 입어야 하지 않겠어?"

같은 교복을 입는 것도 질린데, 비슷한 브랜드의 비슷한 사복을

입다니 도저히 이해가 안 되었다. 친구들은 심지어 짝퉁 티셔츠까지 사서 입고 다닌다. 현주는 하루 종일 옷 이야기를 했다. 평소 아름이와 이런 이야기를 즐겨 하나 보다. 아름이의 옷장에도 짝퉁 브랜드 옷들이 가득했다.

사람들은 소비를 통해 특정한 제품의 이미지를 자기 것으로 만들어 다른 사람과 자신을 구분 짓는다. 짝퉁 문화는 경제적 능력이 없는 사람들이 '명품'이 주는 차이를 느끼려는 심리를 적극적으로 표출한 것이다. 짝퉁은 '부에 대한 동경'이다. 연예인이 호화로운 옷과 액세서리를 차고 나와 시선을 끌면 사람들은 연예인이나 드라마의 장면을 모방하려고 한다.

어떤 옷을 입어야 패션 감각이 뛰어나고 예쁜 아이로 통하느냐 역시도 만들어진 이미지이다. '얼마 되지 않는 용돈에서 찾은 해결책이 짝퉁 브랜드라니. 저런 옷을 입어야 옷을 잘 입는다는 생각은 도대체 누가 시작한 거야?'

사물함을 열었다. 편지가 한 통 있었다. 어떤 남자애가 고백한 편지였다. 얼핏 보니 삐뚤삐뚤한 글씨로 '형석이가'라고 적혀 있다.

'아름이는 이런 거 자주 받는구나.'

딱히 뭐라고 답장해야 할지 잘 모르겠다. 아름이가 고백을 받아 줄 만한 남자애도 아니라고 판단하여 편지는 사물함에 그대로 넣어 두었다.

수업을 4교시까지만 마치고 연습실로 갔다. 이때까지만 해도 치킨의 후폭풍이 그렇게 거대하게 휘몰아칠지는 몰랐다.

"운동하기 전 몸무게부터 측정하고 시작하자."

나는 조심스럽게 체중계에 올라갔다. '45kg' 나로서는 기적 같은 숫자였다.

"성아름! 이게 지금 몸무게라고 갖고 있는 거야? 어제 도대체 뭘 먹었니? 지금 네 키에는 43kg 정도가 적당해. 그래도 화면에 날씬하게 나올까 말까 하는데 어제보다 1kg이나 더 쪘잖아!"

소속사 실장님의 개인 면담을 받아야 했다.

"아름아, 오디션에서 내가 널 강력하게 뽑아야 한다고 주장했는데 몰랐지? 근데 내가 왜 널 뽑은 줄 아니? 요즘 예쁜 아이들, 날씬한 아이들은 길가에 널렸어. 그냥 아무나 캐스팅을 해도 너보다는 예뻐."

나는 진짜 아름이가 아니었는데도 곧 눈물이 나올 것 같았다.

"네 눈빛에서 의지가 보였기 때문이야. 얘는 뭔가 해내겠구나 생각했어. 공장처럼 배출되는 수많은 아이돌이 데뷔했다가도 금방 사라져. 시청자들에게 뭔가 어필할 수 있어야 해. 그런데 너에게는 갈고 닦으려는 대단한 열정이 엿보였어. 엄마가 못 다 이룬 꿈을 이뤄 드리고 싶다며? 엄마가 지금도 다이어트에 집착한다고 했었지? 텔레비전에서 연예인들 보는 재미에 사시는 엄마의 기대와 네 열정을 믿고 투자하고 있는 내 기대 모두 실망시키지 않았으면 좋겠다."

부담감이 온몸을 바위처럼 짓누르는 것 같았다. 나는 매니저의 감시와 강력한 식단 조절 아래 그날부터 일주일간 러닝머신에서 달리고, 제자리에서 뛰고, 힐을 신고 뛰고, 노래를 연습했다. 물론 매니저의 전화 한 통에 아름이의 엄마는 당장 소속사 연습실 근처에 자취방을 구했다. 거기서 겨우 잠만 자고 학교에 들렀다가 연습실에 가는 날이 계속되었다.

"어제 한민지, 새벽 1시까지 연습했대. 이번에 새로운 걸그룹을 하나 만드는데 거기에 들어간다고 죽도록 연습하나 봐."

"솔직히 한민지보다는 정수진 언니가 더 낫지 않냐? 이번에 정수진 언니는 성형도 했대."

"나도 매니저한테 말해서 어디 손 좀 봐 달라고 할까? 이러다가 연습생 시간이랑 돈만 버리는 거 아닌지 모르겠어."

"그러니까 말이다."

동고동락하는 연습실 동기들은 함께 불안함을 이겨내는 동무이자 먼저 데뷔하면 질투심을 이 악물고 참아내야 하는 경쟁자였다.

여기는 내 청춘을, 아니 아름이의 청춘을 희생해서 꿈과 가치교환을 하고 있는 곳이기 때문일 것이다. 설사 데뷔하지 못하더라도 인생은 계속되기에 소속사에서는 학교 성적도 관리했다.

연습 때문에 지쳐서 수업도 제대로 못 듣고 공부도 잘 못했기에 아름이 성적은 미끄럼틀을 타고 내려왔다. 춤추고 노래하는 딴따라 연습생이라고 공부를 못해도 되는 것은 아니었다. 이렇게 연습하다가 데뷔하지 못하고 사회로 다시 나갈 확률이 가수나 배우로 데뷔할 확률보다 높기 때문에 학교도 다녀야 했고, 공부도 해야 했다.

치킨 한 마리에 그렇게 운동 고문을 당하면서 몸을 혹사시키고 나니, 음식 생각은 아예 나지도 않았다. 운동을 하고 거울을 보니 예쁜 성아름이 서 있었다. 분명 김민희에 비하면 매우 날씬한 몸이었지만 뚱뚱하게만 보였다.

"이 몸으로 카메라 앞에 서 봐! 날씬하게 보일까?"

매니저의 목소리가 귀에 들리는 듯했다. 갑자기 머리가 어지러웠다. 거울이 빙글빙글 도는 것 같았다.

'요즘 왜 이러지? 피곤하고, 어지럽고.'

몸이 좋지 않아서 매니저에게 말하고는 오랜만에 집에 갔다.

"아이고, 우리 딸 왔어. 고생했어. 일주일간 고생했으니까 오늘은 맛있는 거 먹자."

생각해 보니 요즘 채소와 닭 가슴살만 먹었다. 그것도 거의 먹지 않았다. 조금만 먹어도 곧 살이 찔 것만 같아서 도저히 먹을 수가 없었다.

'하루쯤은 먹어도 되겠지. 뭘 먹을까.'

음식을 잘 먹지 않으니 딱히 먹고 싶은 것도 없었다.

"아름이 네가 제일 좋아하는 피자 먹을까?"

"피자 먹으면 살 찔 텐데."

"하루인데 뭐. 먹고 엄마랑 운동하면 되지."

"그럼 포테이토 피자로 먹어요."

역시 대한민국은 위대하다. 잠시 후 집으로 피자가 도착했다.

"자, 하나 먹어 봐. 내일은 엄마가 네가 좋아하는 불고기 해 줄게."

아름이 엄마의 목소리가 잘 들리지 않았다. 지금 이 피자를 먹으면 몇 칼로리를 섭취하는 것이고, 얼마큼 뚱뚱해지며, 운동을 얼마나 해야 하는지만 떠올랐다.

'눈앞에 음식이 있으면 죽자 살자 달려들던 나였다. 내가 피자를 얼마나 좋아했는데. 아름이 엄마도 아름이가 걱정되어서 피자를 주문해 준 거잖아. 그러니 먹어야지.'

나는 피자를 한 입 베어 물었다. 그런데 갑자기 헛구역질이 나왔다. 화장실로 달려가서 방금 먹은 피자들을 토해 냈다.

"웩. 웩."

"아름아! 왜 그래?"

나는 거실로 가서 두리번거렸다.

"뭐 찾아?"

"엄마, 체중계 어디 있어?"

"아름아, 괜찮니? 너 얼굴에 핏기가 하나도 없어. 왜 토했어?"

나는 체중계 위로 올라갔다. 42kg.

"어휴, 다행이다. 100g 정도 밖에는 안 쪘네."

"너 지금 너무 말랐어."

"엄마는 몰라. 내가 얼마나 힘들게 살을 빼고 있는지. 내가 지금 얼마나 뚱뚱한지. 살찌는 것 자체가 너무너무 싫고 공포스러워."

그 후로 나는 음식을 먹기만 하면 토를 했다. 병원에 가니 거식증이란다. 마음을 편하게 먹고 가벼운 음식부터 먹어 보라지만 그게 어디 말처럼 쉽나. 학교에 가는 것도 힘겨웠고, 춤을 연습하는 것도 힘들었다.

"아름아, 요즘 얼굴이 왜 이 모양이야."

친구들이 걱정하면서 물어보지만 대답할 힘도 없어서 대충 대답하고는 자리에 멍하니 앉아 있었다. 갑자기 남자애들이 다가오더니 말했다.

"야! 성아름! 네가 뭔데 우리 짱을 까냐?"

"무슨 소리야?"

"우리 짱님이 네 사물함에 편지 넣어 두었잖아?"

"아!"

"아? 아? 네가 뭐가 잘났다고 잊어버린 척 하는데? 네가 예쁜 줄 알지? 성형괴물처럼 생겨가지고. 그렇게 살지 마."

남자애들이 우르르 밖으로 나갔다.

눈에 눈물이 한가득 고였다. 2주 전쯤 사물함에 들어 있던 편지가 생각났다.

'음식도 못 먹어서 힘들어 죽겠는데, 내가 저런 아이들까지 상대해야 하나.'

갑자기 눈앞이 까맸다. 제대로 먹지 못해서인지 어지럽고 너무 힘들었다.

공부도, 몸매도, 미모도 상대적이다. 나보다 예쁜 아이들은 얼마든지 있다. 비교하자면 끝이 없다. 내가 죽도록 노력해도 나보다 예쁜 아이들은 또 나타나겠지. 내가 어떤 삶을 사느냐에 따라 필요한 몸도 다를 것이다. 데뷔를 하려고 연습 중인 아름이에게는 마르고 또 마른 몸이 필요할 것이고, 살이 찐 캐릭터로 웃기고 사는 개그우먼이나 씨름 선수에게는 거대한 몸이 필요할 것이다.

나, 김민희에게는 어떤 몸이 필요할까?

거식증으로 점점 말라 비틀어져 가는 것도 너무 고통스럽다. 성아름이 되어 운동했던 습관을 잊지 않고 김민희로 돌아가서 운동은 하고 살아야겠다.

'집에 돌아가서 이제 치킨이나 실컷 먹어야지.'

고물상의 네 번째 손님, 성아름

　초등학교 때 희진이가 나에게 준 사진을 바라보고 있으니 눈물이 나올 것 같았다. 사진 뒤에는 이렇게 적혀 있었다.

　'내가 가장 좋아하는 아름이와 함께'

　희진이와 나는 유치원 때부터 친구였다. 같은 아파트 단지에 살면서 희진이 집에 가서 자기도 하고 희진이가 우리 집에 와서 자기도 했다. 그러면서 서로의 비밀을 다 털어놓았다.

　"나는 말야 진호가 좋아."

　"정말?"

　"응. 이거 비밀이다. 아름이 너는 누구를 좋아해?"

　"글쎄. 나는 딱히 없는데, 그나마 민범이가 좀 괜찮나?"

　"지선이 하는 행동이 너무 얄미워."

"그지? 걔는 좀 이기적인 것 같아."

"그러니까. 공부 좀 한다고 잘난 체 하는 꼴도 보기 싫어."

내게는 희진이가 잘해 주었지만 다른 친구들의 험담은 자주 했다. 그런 말들이 불편할 때도 있었지만, 우리 사이를 더욱 돈독하게 해 주는 것도 사실이었다. 공공의 적이 있다는 사실이 더욱더 우리 사이를 단단하게 해 주었으니까 말이다. 희진이가 하는 험담에 동의하지 않으면 사이가 멀어질까 봐 나도 동조하고는 했다.

희진이가 싫어하는 친구들은 매번 바뀌었다. 어느 순간부터는 그 싫어하는 친구가 내가 될까 봐 두려웠다. 하지만 희진이와 나는 유치원 때부터 친했으니 그런 아이들과 나는 비교가 되지 않을 것이라며 위안을 삼았다. 그런데 올해 들어서부터 무언가 이상했다. 희진이는 더 이상 내가 아는 그 희진이가 아니었다.

오늘도 학교에서 나를 빼고 희진이와 지선이가 서로 귓속말을 했다.

"무슨 말 해?"

"별거 아니야. 알 거 없어."

그렇게 말하고는 희진이와 지선이가 웃었다. 어느 날은 복도를 지나가면서 희진이가 일부러 나와 부딪혔다. 그러더니 뒤에 있는 친구들도 계속 나와 부딪히면서 지나갔다.

"왜 자꾸 부딪혀?"

내가 소리쳤더니 방금 부딪혔던 진영이가 미안한 표정으로 사과했다.

"어머! 미안해!"

사과하니 선생님께 이를 수도 없다. 선생님이 나눠 준 시험지를 희진이가 앞으로 나가 받아 왔다. 이때도 들어오면서 일부러 내 책상을 쳐서 책을 떨어뜨렸다.

"희진아, 행동을 조심해야지."

선생님은 희진이가 실수로 떨어뜨렸다고 생각했는지 이렇게 말했다.

"네."

희진이는 애교 있는 말투로 선생님을 바라보면서 대답했다.

그때부터 희진이와 나는 교실에서 마주쳐도 아무 말도 하지 않고 지나치는 방식으로 싸움을 시작했다. 어느 날 희진이는 친구들에게 갑자기 내 험담을 했다.

"아름이는 이가 너무 누렇지 않니?"

같은 반 친구 여럿이 깔깔대며 웃었다.

"너희 정말 왜 그래?"

나는 더 이상 가만히 있을 수 없어서 소리를 질렀다.

"에이, 무슨 농담을 그렇게 진지하게 받아들여."

희진이가 웃으면서 말했다. 희진이의 괴롭힘은 교묘했다. 괴롭힘은 친밀함과 장난이라는 베일에 가려져서 은밀하게 진행되었다.

희진이와 함께 잘 지내고 싶은 마음과 희진이가 미워 죽을 것 같은 마음이 하루에도 수십 번씩 바뀌었다. 그리고 쉬는 시간도 두려웠다. 쉬는 시간만 되면 희진이와 희진이 주변 친구들이 모여서 속닥였다. 나를 보면서 웃는 것 같았고, 가까이 다가가면 나를 피했다. 내가 쉬는 시간에 할 수 있는 일은 화장실에 가는 것뿐이었다.

화장실에 다녀와서 자리에 앉으니 공책 표지에 이렇게 적혀 있었다. '성아름 ♡ 김민범' 순간 얼굴이 빨개졌다. 내가 민범이한테 관심이 있다는 것을 아는 사람은 희진이밖에는 없다.

"너 민범이 좋아했냐? 그런데 어쩌지? 민범이는 오늘부터 여자 친구 생겼는데?"

"희진이랑 사귄대."

"닭 쫓던 개 지붕 쳐다본 격이네."

지선이와 다른 여자애들이 와서 이렇게 말하며 비웃었다. 나는 눈물이 왈칵 쏟아져 화장실로 뛰어갔다. 겨우 눈물을 닦고 교실로 들어갔다.

"성아름! 수업 시작한 지가 언제인데 이제 들어와? 너 요즘 오디션 본다고 다니더니 학교생활에 너무 소홀한 거 아냐? 유명 연예인이 된 것도 아니고 이제 연습을 시작했을 뿐인데, 그렇게 학습 태도가 나빠서야 되겠니?"

선생님이 꾸짖는 소리도 귀에 잘 들리지 않았다. 친했던 희진이 태도가 왜 갑자기 달라졌을까? 내 잘못 때문에 갑자기 태도가 달라진 것인가 싶어서 수술대에 놓인 환자처럼 나를 해부하고 분석하기 시작했다.

'내가 연습생 생활을 한다고 희진이를 잘 못 챙겨서 그런가? 내 가방이 희진이 것이랑 똑같아서인가? 희진이는 그렇다치고 지선이는 옆에서 왜 또 그런 거야.'

다음 날 도저히 참을 수 없어 희진이를 불렀다.

"희진아!"

희진이는 못 들은 척 했다.

"너 정말 나한테 왜 그래? 나한테 화났니?"

반 아이들이 다 들을 수 있도록 큰소리로 물었다.

"화 안 났는데."

희진이는 복도로 나가 버렸다. 화난 이유를 말하지 않으면 따질 수가 없었다. 주변에 가면 자리를 피해 버리고, 혹시 나에게 화났냐고 물으면 아니라고 한다. 여자애들은 대놓고 괴롭히지 않는다. 대신 뒤에서 수군거리고 깔깔대며 웃고 소문을 낸다. 대놓고 괴롭히지는 않아도 싫어한다는 것은 누가 봐도 알 수 있다.

그렇게 고통스러운 시간이 몇 개월간 지속되었고, 나는 숨죽여서 죽은 듯이 살았다. 그랬는데 갑자기 희진이가 나에게 손을 내밀었다.

"오늘 여자애들끼리 쇼핑할 건데 너도 갈래?"

나는 그날은 연습에 빠지면 안 된다는 것을 알았지만 안 된다고 하면 살난 체 한다고 할까 봐, 앞으로 다시는 기회가 찾아오지 않을까 봐 무조건 알았다고 했다.

희진이의 마음을 도대체 알 수가 없었다. 그 후로 희진이는 갑자기 나에게 잘해 주기 시작했다. 하지만 조금이라도 자기 마음에 안 드는 점이 있으면 또 그때처럼 나를 내칠 것 같아 두려웠다. 나는 희진이 눈치를 보며 지냈다. 내가 어떻게 행동하는지 마치 친구들이 관찰하고 있는 것처럼 느껴졌다. 언제 또 버려질지 모른다는 생각에 희진이와 가까이 지내면서도 마음이 편치 않았다.

그날 연습에 빠졌다고 매니저에게 어찌나 혼이 났는지 모른다.

"그럴 거면 때려 쳐! 성아름 너 말고도 연습생 하려는 아이들은 널렸으니까!"

희진이와 좋은 관계를 지속하는 동안 나는 두 가지 욕구를 동시에 느꼈다. 친구에게 이용당하고 싶은 욕구와 친구에게 풀려나고 싶은 욕구이다. 희진이와 계속 친구로 지내고 싶었기 때문에 지금 이 관계가 지독히 고통스러웠지만 참았다. 한편으로 희진이에게 벗어나고도 싶었지만 점심시간이나 쉬는 시간에 또 혼자가 될까 봐 두려웠다. 희진이에게 저항하면 앙갚음을 당할까 봐 이것도 저것도 하지 못한 채 눈치만 보았다.

그리고 여자애들과 잘 어울리지 못하면 같은 반 남자애들이 나를 이상한 아이 취급할 것 같은 생각이 들었다. 따돌림을 당하면 민범이 얼굴을 더더욱 바라보기가 힘들 것이다.

희진이와 보낸 어릴 적 추억 또한 내 마음을 슬프게 했다. 희진이가 못 되게 굴다가도 이렇게 다시 잘해 줄 것을 알고 있다. 학교 인터넷 카페에 올라온 글을 본 것도 그쯤이었다. 나는 부러운 누군가가 되어 본다는 것보다는 희진이의 마음을 더 알고 싶었다. 도대체 나에게 왜 그러는지 말이다. 그래서 찾아갔다. 수상한 고물상이라는 곳을……

성아름, 왕따를 시키는 정희진이 되다

글을 보자마자 예약도 하지 않고 수상한 고물상에 찾아갔던 것이 잘못이었다. 거기서 나오는 김민희와 마주치고 말았으니까.

이런 이상한 곳에 왔다는 것 자체가 뭔가 문제가 있다는 의미이므로 이곳에 오는 사람들은 공통적으로 자격지심 같은 감정을 느낀다. 그래서인지 민희도 그다지 반갑게 인사하지는 않았다.

지금 나에게 고통을 주는 사람은 희진이지만, 희진이 주위에는 항상 친구들이 있었다. 희진이가 되면 친구들의 눈치를 보거나 말이나 행동을 일일이 분석할 필요가 없을 것이다.

"희진아!"
"어?"

"정신을 어디 두고 있어?"

지선이다.

"진호는 아직도 아름이 좋아하니?"

'응? 진호가 나를 좋아한다고?'

"글쎄."

"지난번에 진호가 옆 학교 남자애들을 데려와서 함께 놀러 갔잖아. 그때 진호 친구들도 아름이 예쁘다고 난리였어."

"그래?"

"여우 같이 생겨서는 남자애들한테 꼬리나 치고. 솔직히 말하면 아름이보다 희진이 네가 더 예쁘다고 생각해. 남자애들은 보는 눈이 없어."

"그렇지. 그런데 난 민범이랑 사귀니까 괜찮아."

지선이 마음을 떠보면서 희진이의 진짜 속마음을 알려고 이렇게 말했다.

"너 걔랑 계속 사귈 거야? 아름이가 좋아한다니까 괜히 민범이랑 사귀는 거잖아. 그새 마음이 바뀐 거야?"

'그런 거였어? 자기가 좋아하는 진호가 날 좋아한다니까 일부러 나 골탕 먹이려고 민범이랑 사귄 거야?'

"난 희진이 너한테 정말 고마워. 너 아니었으면 아름이가 그렇게 내 욕을 하고 다닌다는 거 모를 뻔 했잖아. 내가 이기적이라고? 성아름 진짜. 어떻게 그렇게 내 앞에서와 내 뒤에서 모습이

다를 수가 있니? 나쁜 년."

대충 상황을 알 것 같았다.

희진이 집으로 갔다. 희진이 방 벽에는 온갖 연예인 사진이 덕지덕지 붙어 있었다. 그리고 책상 위에는 쓰다 만 노트가 펼쳐져 있었다.

왜 내가 아닌 아름이가 합격했을까. 연습생이 되고 싶다고 생각한 것도 내가 먼저였고, 연습을 더 많이 한 것도 나였는데 말이다. 아름이가 너무 밉다.

진호에게 고백을 했다. 그런데 진호는 좋아하는 애가 따로 있다고 했다. 그리고 그 사람은 성아름이었다. 아름이는 내가 갖고 싶은 것을 다 훔쳐 간다. 아름이만 없었으면 그 연습생 자리에는 내가 들어갔을 것이고, 진호도 나를 좋아했을 것이다.

희진이는 공부를 잘했는데, 연예인이 되고 싶어 했다. 하지만 희진이 부모님은 희진이에게 관심이 별로 없었다. 또 연예인이 되는 것에 굉장히 부정적이라서 항상 그 고민을 나에게 이야기하고는 했다.

나는 사실 연예인이 되고 싶다는 생각을 해 본 적이 없었다. 그런데 희진이가 "나는 스포트라이트를 받으면서 수많은 사람 앞에서 노래하고 춤을 추고 싶어. 나는 예쁜 옷을 입고 화장을 한 채 그렇게 사람들의 환호 속에서 공연을 하겠지." 하고 말할 때마다 나도 모르게 머릿속으로 상상을 하게 되었다. 어느 날 희진이가 나에게 말했다.

"아름아! 나 이 오디션 보려고 해."

유명 연예인을 많이 배출한 소속사에서 연습생을 모집하는 오디션이었다.

"나도 지원해 보고 싶다."

"아름이 너도? 그래. 우리 같이 연습생 되면 좋겠다!"

그런데 평소 열심히 연습했던 희진이는 떨어졌고, 우연히 따라갔던 나는 합격을 했다.

"아름아, 축하해. 선배님 되어서 나 많이 알려 줘."

희진이는 자신의 불합격에도 이렇게 말해 줬고, 나는 그것이 너무 고마웠다. 그래서 연습생 생활을 궁금해 하는 희진이에게 내 연습생 생활을 이야기하고는 했다. 희진이와 함께한다면 얼마나 좋을까 생각하며 이렇게 자주 이야기했다.

"희진아! 다음번 오디션에서는 꼭 합격할 거야. 네가 나보다 더 예쁘고 춤도 잘 추잖아."

진심이었다. 하지만 희진이는 그게 아니었나 보다.

나와 함께 연습하자는 아름이의 말이 진심이었을까? 아름이는 내가 떨어지기를 바랐을 거다. 그래서 내가 떨어졌는지도 모르지. "내년에는 꼭 붙어서 같이 연습하자." 하고 말하는 아름이가 너무 얄밉다.

희진이가 바라던 꿈을 내가 훔친 것 같아 미안했다. 희진이가 나를 미워하는 마음이 이해가 되기도 했다. 내가 연습생 생활이 힘들다고 투정할 때마다 희진이는 속으로 얼마나 부럽고 질투가 나고 미웠을까.

신이 있다면 먼저 바라고, 더 간절하게 원하는 사람의 꿈을 이루어 주셔야 하는데 왜 하필 내가 합격했을까. 이제는 나도 사람들에게 사랑받는 연예인이 되고 싶다는 꿈을 꾸게 되었다. 이것은 누구에게 양보하고 말고 할 문제가 아니었다. 하지만 내게는 우정도 그만큼 소중했다.

다시 아름이가 되어 희진이와 마주하다

　희진이 마음을 알고 싶다는 소원을 이루자마자 나는 다시 성아름이 되었다. 참으로 놀라운 타자기였다. 고심은 그 괴상한 물건을 어떻게 손에 넣게 되었을까.

　희진이가 되어 보고 나서 나는 더 이상 여자애들과 어울리지 않았다. 상처 입은 마음과 친구를 믿고 싶은 마음 중에서 무엇을 선택해야 할지 모르겠다. 친하게 지내다가도 어느 순간 여자애들이 또 무리를 지어 나를 괴롭힐지도 모른다는 생각에 항상 조심해야 했다. 여자애들은 동맹을 결성하고 무리를 이룰 여자애들을 끊임없이 찾으면서 엄청난 우정을 약속한다. 하지만 그 우정은 너무 보잘 것 없이 깨지고 만다.

"성아름, 정희진, 한지선 이리 와 봐."

담임선생님이 세 명을 호출했다. 내가 수상한 고물상을 가기 전 상담을 신청해서였나 보다. 담임선생님은 세 명에게 상담실에 가서 집단 상담을 받으라고 했다.

희진이가 나를 째려보았다. 그 눈빛은 '너 때문에 괜히 선생님한테 미움받고 상담이나 받는 아이로 낙인찍혔잖아.' 하고 말하고 있었다.

"희진이 너는 아름이와 원래 친했는데 왜 괴롭히기 시작한 거야?"

"괴롭히지 않았어요. 다만 사이가 조금 멀어진 것뿐이에요. 사람이 항상 서로 친할 수만은 없잖아요."

희진이는 상담선생님의 어떤 말에도 입을 열지 않았다. 내가 오디션에 합격해서 질투가 났기 때문이라고, 좋아하던 남자애가 나를 좋아했기 때문이라고 희진이 자존심에 어떻게 말할 수 있겠는가.

선생님은 희진이에게 나가 있으라고 했다. 그리고 희진이와 함께 나를 괴롭혔던 지선이에게 물었다.

"왜 희진이가 아름이를 괴롭히는데도 너는 가만히 있었니? 너도 아름이를 싫어했니?"

"아름이가 제 욕을 했다는 사실을 알기 전에는 싫어하지 않았어요. 다만 희진이가 친구들 무리의 중심이라서 거기에 속하려면 어쩔 수 없었어요."

"아름이 너는 지선이 욕을 했니?"

"하지 않았어요. 희진이가 저와 지선이를 이간질시킨 거예요."

"지선이 너는 아름이에게 직접 확인해 보았니?"

"아니요. 친구 욕을 했다고 자백하는 사람이 어디 있겠어요. 그래도 희진이와 함께 아름이를 욕한 것 덕분에 친해질 수 있어서 오히려 좋았어요."

지선이는 솔직하게 말했다.

"지선이는 왜 희진이와 아름이 사이에서 아름이를 괴롭히는 역할을 하게 됐니?"

"처음부터 그렇게 하려던 건 아니었어요. 전에는 그냥 중간에 낀 역할이었어요. 그런데 중간에 끼어서 이리 붙었다 저리 붙었다 해도 결국은 한곳에 붙어야 하거든요. 저는 붙을 사람으로 희진이를 선택한 것뿐이죠."

이번에는 지선이에게 나가 있으라고 했다. 그러고는 나에게 말했다.

"희진이와 대화해 보려고 노력했니?"

"저한테 화가 났냐고 물었는데 희진이는 아니라고 해서 다가갈 수가 없었어요. 요즘에는 희진이와 잘 지내고 있어요."

"정말 잘 지내고 있는 거니?"

"사실 희진이 눈치가 보여요. 언제 또 저를 모른 척 하고 미워할지 몰라서요."

"자기감정을 희생해서 다른 사람의 감정을 배려한다고 좋은 것만은 아냐. 상대에게 직접 화난 감정을 표현하지 않았던 이유가 뭐니?"

"희진이랑 또 놀고 싶으니까요."

"그렇게 네 감정을 참으면서 희진이와 잘 지내면 행복할까?"

"아니요. 사실 힘들어요. 희진이와 쌓인 앙금을 풀고 싶지만 당분간은 힘들 것 같아요."

"착한 사람이 되고 싶은 여자애는 불만족과 분노를 표출하는 방법으로 간접 공격을 선택하고는 한단다. 그것은 어쩌면 여자애들에게 허용된 유일한 표현 방식일지도 모르지. 우리 사회는 여자는 얌전해야 하고, 여성스러워야 하고, 비폭력적이어야 한다고 강요하니까 말이야. 그래서 희진이가 너에게 그런 식으로 질투심이나 좌절감을 표현했는지 모르겠구나. 희진이는 아름이 네게서 자신의 모습을 많이 보았었고, 그게 무서웠던 것 같아. 너희들은 서로 비슷했기 때문에 쉽게 친해졌고, 비슷했기 때문에 같은 것을 바란 거지. 그래서 사이가 멀어질 수밖에 없었을 거야. 선생님은 그동안 너희들이 쌓은 우정이 있으니 잘 해결할 수 있으리라고 믿어."

상담선생님은 나에게 나가 있으라고 했다. 그리고 희진이한테 들어오라고 했다. 희진이가 상담선생님과 어떤 대화를 나누었는지는 모르겠지만, 울면서 상담실을 나왔다.

희진이도 힘들었을 거야. 그리고 희진이도 피해자이다. 희진이에게 문자를 보냈다.

'희진아, 너하고 이야기를 하고 싶어.'

'알았어. 오늘 저녁 7시에 아파트 놀이터에서 봐.'

희진이에게 답장이 왔다. 왠지 잘 해결될 것 같다.

문을 닫게 된 수상한 고물상

"심아, 돈은 많이 벌었냐?"

"할아버지! 오랜만이에요."

"내가 준 마법가루가 떨어질 때가 된 것 같아서 왔다."

"안 그래도 걱정하고 있었어요. 오늘도 예약 손님이 있는데, 가루가 별로 없어서."

"장사는 할 만 하니?"

"재미있어요. 사실 찾아오는 손님이 있다는 것도 신기해요. 친구들이 어떤 사람을 부러워하고 어떤 경험을 하고 왔는지 볼 수 있었다면 훨씬 좋았을 것 같지만요."

"그래. 행복한 기억을 모은 호리병들 좀 가져가자."

"무거운데, 가져가실 수 있겠어요?"

“그럼. 자, 이 자루에 넣어 주겠니.”

“어? 자루 안에도 호리병들이 있네요?”

나는 자루 안에 있는 유리로 된 호리병을 조심스럽게 집었다. 그 순간 손이 미끄러져 호리병이 바닥으로 떨어졌다. 유리 깨지는 소리가 사무실에 울려 퍼졌다.

나는 할아버지의 눈치를 보았다. 할아버지의 얼굴이 하얗게 질려 있었다.

“이놈! 지금 뭐하는 짓이냐?”

“죄송해요. 일부러 그런 것이 아니라…….”

“이 행복한 기억을 다시 모으려면 어떻게 해야 하는지 알기나 하느냐? 호리병을 소중히 다룰 줄 모르는 너 같은 녀석과 함께 일한 내 잘못이다. 이제 마법가루와 호리병은 주지 않겠다. 처음부터 이 신성한 일로 장사를 한 것이 문제였다. 네게 이 소중한 것들을 맡긴 내 잘못이다.”

할아버지는 남은 호리병을 챙겨 사무실을 나가 버렸다.

“이미 받은 예약은 어쩌라고요. 할아버지!”

나는 할아버지를 쫓아 나갔지만 금세 사라지고 없었다. 곧 예약 손님이 올 시간이었다. 그리고 내일도, 모레도 예약 손님이 계속 있었다.

“도대체 행복한 기억이 뭐라고. 내가 그깟 호리병 한 병 떨어뜨렸다고 이렇게 나오시다니…….”

할아버지가 원망스러웠다.

"저기요, 아무도 없나요?"

시계를 보니 예약 손님이 오기로 한 시간이었다.

"어? 심아!"

밖으로 나가니 우리 반 희진이가 보였다.

"희진이 네 닉네임이 천사라떼야?"

"응."

희진이는 부끄러운 듯이 나를 바라보았다.

"희진아, 미안한데 오늘 장사를 할 수가 없어."

"어? 너 장난으로 글 올린 거야?"

"아니야. 사정이 그렇게 됐어. 정말 미안해. 내가 다시 열면 연락할게."

"글쎄, 네 말이 진짜인지 아닌지 모르겠어. 심심해서 이런 일을 하는 거라면 그만해."

"그런 거 아니야. 희진아, 나는 급히 해결할 문제가 있어서 나가 봐야 해. 다음에 다시 예약하고 와."

나는 희진이를 돌려보내고 고물상 밖으로 나왔다. 할아버지를 빨리 찾아야 했다.

'도대체 할아버지는 어디에 살고 계시는 거야? 그 정도는 알아 두었어야 했는데.'

조금 더 치밀하지 못했던 것이 안타까웠다. 지금까지 예약한 손님만 해도 여러 명이었고, 아빠가 한 달 내내 번 돈과 맞먹는 금액이었다.

이대로 멈출 수는 없었다. 하지만 할아버지를 도저히 찾을 방도가 없었다. 나는 학교가 끝나면 매일 할아버지를 찾아 동네를 돌아다녔지만, 할아버지는 나타나지 않았다.

점점 예약 손님들의 불만이 빗발쳤다. 나는 어쩔 수 없이 학교 인터넷 카페 게시판에 수상한 고물상을 닫는다는 글을 올릴 수밖에 없었다.

사정이 생겨 수상한 고물상의 문을 닫게 되었습니다. 예약해 주신 손님들께는 죄송하다는 사과의 말씀 올립니다.

우울증에 걸린 소녀들, 할아버지를 찾아 나서다

수상한 고물상이 언제 있었냐는 듯이 그렇게 하루하루가 지나가고 있었다. 그동안 고심과 같은 반인 왕건희와 이진리, 김민희와 성아름이 수상한 고물상을 다녀갔었다. 그 친구들은 혹시라도 자신이 수상한 고물상을 다녀갔다는 소문이 날까 봐 조마조마한 마음에 고심과 더 거리를 두는 듯했다. 특히나 남의 시선에 신경을 쓰는 건희는 더욱 고심을 멀리했다. 이 네 명과 희진이 외에는 수상한 고물상의 주인이 고심이라는 사실을 아무도 몰랐다.

"야, 수상한 고물상 문 닫는다는 글 봤어?"

"그러니까. 처음부터 사실이 아니었던 거지."

"어떤 정신 나간 아이가 그런 장난을 쳤는지 모르겠다."

고심이 화장실에 있는데, 칸 밖에서 친구들이 이렇게 떠드는 소리가 들렸다. 그 아이들이 화장실 밖으로 나간 것이 확실해지자 고심은 문을 열고 나왔다. 그때 양쪽 칸에서도 동시에 누군가 문을 열고 나왔다. 이진리와 왕건희였다. 우리 셋은 눈이 마주쳤다. 하지만 세 명 다 수상한 고물상에서 신기한 경험을 했다는 말은 하지 않았다.

"근데 나 요즘 뭔가 이상해."

건희가 말했다.

"뭐가?"

진리가 물었다.

"괜히 우울한 거 있지? 고물상을 다녀온 이후로 나름대로 깨달음을 얻었다고 생각했는데 몸이 축 처져."

"너도 그래? 나도 그래! 심이 너는 어때?"

건희와 진리가 그렇게 말하고 나니 심이도 요즘 계속해서 몸이 좋지 않았던 이유가 이것 때문인 듯싶었다.

"나도 그런 것 같아."

"심이 너, 도대체 어떻게 한 거야?" 진리가 심이에게 물었다.

"내 생각에 행복한 기억을 가져간다고 했던 호리병에 뭔가 있었던 것 같아."

공부 잘하는 건희답게 차분하게 말했다.

"정말 행복한 기억을 가져가서 우리가 우울한 걸까?"

"말도 안 되는 소리!"

심이가 고개를 흔들며 말했다.

"너에게 책임이 있다는 게 아니라 어떻게 된 일인지는 알아보아야 하지 않을까?"

"맞아. 우리 말고 고물상에 누가 다녀갔어?"

"그건 말할 수 없어."

"그럼 걔네 스스로 오게 만들면 되는 거지?"

"무슨 말이야?"

"네 핸드폰으로 우리 학교 인터넷 카페 접속해 봐."

"왜?"

"글 올려."

"뭐라고?"

"수상한 고물상에 왔던 손님들은 고물상으로 다시 오라고."

"그리고?"

"확인해 보아야지. 우리만 우울한 건지, 그 친구들도 문제가 있는지 말이야. 심이 네 입으로 직접 말한 것은 아니니까 어쨌든 약속은 지켰잖아."

"그 아이들이 오지 않으면 어떡할 건데. 게다가 고물상에 오지도 않았던 아이들까지 궁금해서 올 수도 있잖아."

"시간이 남아도는 아이들이 많겠니? 그리고 고물상에 와서 누군가를 부러워하는 경험을 한 것이 뭐 어때서?"

"맞아. 글 올리자."

수상한 고물상에 오셨던 손님들은 내일 밤 8시에 다시 고물상으로 와 주세요.
꼭 오셔야 합니다.

다음 날 학교가 시끌벅적했다. 아름이와 민희 역시 친구들이 하는 이야기를 듣고 어젯밤 학교 인터넷 카페에 들어가 글을 읽었다. 꼭 오라는 마지막 문구에서 다급함이 느껴졌다. 아름이와 민희 역시도 고물상을 다녀온 이후로 뭔가 기분이 이상하다고 계속 생각하던 참이었다.

수상한 고물상에 다녀간 손님들이 모이기로 한 날이 되었다. 고심이와 진리가 딱딱한 소파에 앉아 있는데, 누군가 사무실 문을 두드렸다.

'똑. 똑'

고심이가 문을 열자 건희가 서 있었다. 이 세 명은 이미 수상한 고물상을 알고 있는 사람들이다. 건희와 진리는 나머지는 누구일까 궁금해서 미칠 지경이었다. 고심이는 나머지 두 명이 과연 올까 싶었다.

그때 밖에서 여자애들이 소곤소곤 속삭였다. 사무실 문이 열리더니 그 앞에는 뚱뚱한 민희와 예쁜 아름이가 서 있었다. 누가 봐도 어울리지 않는 조합이었다.

건희, 진리의 얼굴에는 '아, 이 아이들이었어' 하는 표정이 스쳐 지나갔다.

"모두 다 모였어."

고심이가 말했다.

"갑자기 왜 모이라고 한 거야? 우리가 서로 얼굴을 봐야 하는 이유가 있니? 나 매니저한테 말하고 정말 힘들게 나온 거라서 빨리 들어가야 해."

"아, 그래. 본론부터 말할게. 너희들 요즘 몸 상태가 어때? 괜찮아?"

"무슨 말이야?"

민희가 말했다.

"기분이 우울하다든가, 자꾸 힘이 빠진다든가 그렇지 않느냐고?"

"그렇긴 해. 하지만 특별하게 생각하지는 않았는데. 요즘 연습하느라 몸 상태가 안 좋은가 보다 했어."

아름이가 말했다.

"나도 조금 이상하다고 생각했어. 하루 종일 축축 처지고, 계속 힘도 없고 그래. 생각해 보니 고물상에 왔다 간 후로 그랬던 것 같아."

"심아, 설명해 봐. 그 타자기는 어디서 났어?"

건희가 심이에게 물었고, 나머지 친구들도 궁금한 표정으로 고심을 바라보았다.

"그게 말이지."

고심이는 할아버지와 있었던 일들을 털어놓았다.

"그러니까 그 할아버지가 우리의 행복한 기억을 가져가서 판다고 했단 말이지?"

진리가 말했다.

"아마도. 부러워하던 누군가가 되는 경험보다 자기한테 있는 행복한 기억이 훨씬 비싸다고 말씀하셨으니까."

"파우스트가 영혼과 젊음을 대가로 악마와 거래한 것처럼 우리도 그런 거래를 한 건가?"

"그렇다고 할 수 있지."

"나는 그렇게 심각하게 생각하지 않았어. 그냥 장난처럼 느꼈는데. 물론 당시에는 진지하게 내 삶을 바꿔 보고 싶었어."

민희가 아름이를 보며 말했다.

"심이 네 탓이야. 네가 부작용이 있다고 말했다면 난 이 말도 안 되는 일에 참여하지 않았을 거야."

건희가 말했다.

"이건 심이 잘못이 아니야. 심이도 몰랐잖아. 그리고 우리 발로 직접 온 거잖아."

"이제 어떻게 하지?" 진리가 물었다.

"할아버지를 찾아야지. 우리에게 가져간 행복한 기억을 판다고 했으니까 어디선가 가게를 하고 계시겠지." 민희가 말했다.

"도대체 이 넓은 서울 땅에서 어떻게 찾지? 아니다. 서울 말고 다른 데서 하고 있을지도 모르겠다." 건희가 말했다.

"그럼 평생 우울하게 살 거야? 내가 잃은 기억이 뭔지도 모르면서?"

진리의 말에 아무도 대답하지 못했다.

"아는 언니 중에 파워블로거가 있는데, 그 언니한테 부탁해서 블로그에 글 올려 달라고 해 볼까?"

역시 연습생을 하는 아름이답게 발이 넓었다.

"무슨 글?"

"혹시 주변에서 행복한 기억을 파는 가게를 본 적 있으면 연락 달라고."

"연락이 올까?"

"건희 너는 왜 이렇게 부정적으로만 생각하니? 지금 우리가 할 수 있는 일은 다 해 봐야지 않겠어!"

아름이의 말에 건희는 입을 삐쭉 내밀었다.

"나도 가입한 인터넷 카페에는 모두 글을 올려야겠다."

진리도 말했다.

"그래. 일단 소문을 내서 그런 가게를 찾는 게 가장 먼저야. 할아버지는 인터넷을 사용할 줄 모르신다고 했지?"

"응."

그렇게 작전 회의를 마치고 각자 집으로 돌아갔다. 고심은 또 자신이 실수한 건가 싶어 엄마가 집을 나갔을 때처럼 스스로를 자책했다.

'돈을 12만 원이나 벌어 보았자 뭐하냐고. 이 할아버지는 왜 나한테 나타나서는……'

아름이는 집으로 가는 길에 친한 파워블로거 언니에게 전화를 했다. 다른 친구도 각자 집으로 돌아가서 인터넷 카페에 글을 올리기 시작했다.

말도 안 된다고 생각하시겠지만 혹시 주변에서 행복한 기억을 살 수 있다는 할아버지를 보신 분은 아래 카톡 아이디로 연락주시면 사례하겠습니다.

다섯 친구의 행복 찾기 여행

그렇게 하루하루 시간만 지나갔다. 다섯 명의 친구들은 점점 더 무기력해지고 힘이 빠졌다. 여전히 아무런 연락이 없었다.

일명 '할아버지를 찾는 수상한 고물상 작전' 이후로 다섯 명의 친구들은 꽤나 친해졌다. 얽힌 관계 속에서 상대방이 되어 보았기에 서로를 이해할 수 있게 되었는지도 모르겠다.

"이렇게 마음 편하게 있어도 될까?" 건희가 말했다.

"어쩌겠어." 반쯤은 포기한 듯한 고심이가 말했다.

"그냥 잃어버린 기억은 포기하고 살아야 할 것 같아." 건희가 말했다.

"지금부터 행복한 기억을 또 만들면 되잖아."

"그러게. 민희 말이 맞아. 행복한 기억은 얼마든지 다시 만들 수 있지 않을까?"

아름이도 민희 말에 동의하며 말했다.

"그럼 우리 중간고사가 끝나는 금요일 밤에 다 같이 여행 가자." 진리가 말했다.

"여행?"

"우울한 우리 다섯 명이서 다시 행복을 만들러 가는 거지."

"오글오글하지만 한번 해 볼까?" 민희가 말했다.

다섯 명의 친구들은 시험공부보다는 여행 계획을 짜느라 들떠 있었다.

"우리 어디로 여행 갈까?"

"가고 싶은 데는 엄청 많지. 제주도도 가고 싶고, 동해도 보고 싶고, 남도 여행도 좋겠다."

"나는 수학여행도 가 본 적이 없어. 돈이 없어서 멀리 가는 것은 어렵겠다."

고심이가 말했다.

"돈도 별로 안 들고 여행 기분을 낼 수 있는 곳, 대중교통으로도 갈 수 있는 곳은 없을까?"

한참을 고민해도 좋은 생각이 떠오르지 않았다.

"일단 집에 가서 생각해 보자." 건희가 말했다.

집으로 돌아간 건희는 오랜만에 밥을 먹으면서 가족과 대화라는 것을 했다. 오늘따라 아저씨는 기분이 좋은지 한껏 들떠서는 이렇게 말했다.

"건희야! 뭐 필요한 거 없어? 아빠가 다 들어줄게."

건희는 이 기회를 놓치지 않아야겠다는 생각이 번쩍 들었다. 그래도 아저씨는 약속한 것은 지켰기 때문이다.

"아빠. 친구들이랑 여행을 가고 싶은데 교통편이랑 먹을 거 생각하니까 돈이 많이 부족해요. 어떻게 방법이 없을까요?"

"그러면 아빠가 차 렌트하고 운전기사 한 명 구해서 차로 태워 줄게. 친구들이 모두 몇 명이니?"

"저까지 다섯 명이요."

"너희만 할 때는 친구들과 쌓는 추억이 소중하지. 아빠도 다 알아. 장소 정하면 맛있는 식당도 예약해 두마. 간식도 차에 넣어 놓을게."

"진짜요? 정말요?"

"그래. 아빠가 약속을 어긴 적 있었니?"

건희는 그동안 새 아빠를 미워했던 마음이 조금은 없어지는 것 같았다. 건희 엄마도 옆에서 오랜만에 웃고 있었다.

그렇게 건희 아빠의 적극적인 지원으로 다섯 명의 친구들은 부산으로 여행을 떠나게 되었다.

"나 서울을 벗어난 거 살면서 처음이야." 고심이가 말했다.

"하하하. 서울 촌년이었네."

다들 상기된 표정으로 흥얼거리기도 하고, 서로 머리를 맞댄 채 잠들기도 하면서 부산으로 향했다.

"부산에 도착하면 일단 숙소에 짐을 풀자. 그런 다음 다 같이 해운대로 가서 신나게 물놀이를 하는 거지. 건희 아빠가 예약해 주신 횟집에 가서 회도 왕창 먹어야지."

고심이가 말했다.

"저녁에는 부산 국제시장에 가서 길거리 음식을 다 먹어 보자. 내가 소속사에서 얼마 만에 얻은 휴가인데. 일단 운동은 나중에 하고, 오랜만에 먹고 싶은 거 다 먹을 거야!"

"이번에 진리 성적 많이 올랐더라. 이진리! 비법이 뭐야?" 민희가 물었다.

"민희 너는 이렇게 살이 빠진 비법이 뭐야?"

이번에는 진리가 물었다. 진리는 슬며시 민희를 쳐다보고 민희는 슬며시 아름이를 쳐다보았으리라는 것을 아마 독자 여러분은 어렵지 않게 짐작할 수 있을 것이다.

기사 아저씨가 다섯 명의 친구들을 맨 처음 내려 준 곳은 '해동용궁사'라는 절이었다. 사람들을 따라가다 보니 어느덧 절 입구에 도착해 있었다.

"1376년 고려 공민왕 때 왕사였던 나옹대사가 창건했단다. 임

진왜란 때 소실되었다가 1930년대 초에 다시 고쳤지. 이후 여러 스님이 계속 고쳐서 복원했단다."

기사 아저씨가 설명해 주었다. 입구를 지나 들어가니 계단이 나왔다.

"오늘 하루치 움직일 양을 여기서 다 할 수 있겠다." 민희가 말했다.

"이건 108 장수 계단이란다. 한 계단 한 계단 오르내릴 때마다 고뇌와 번뇌가 없어진다고 하니 너희들도 여행 온 김에 걱정을 다 떨쳐 내렴!"

"네! 그런데 불교에서는 108이 자주 나오는데, 무슨 뜻이에요?" 아름이가 말했다.

"맞아. 백팔번뇌 이런 말 나도 많이 들어 봤는데." 진리가 말했다.

"내가 알기로는 불교에서는 중생의 번뇌를 108가지로 분류한대. 원래 108은 많다는 의미로 사용하던 숫자이기도 했고."

"역시 민희네." 진리가 눈을 반짝이며 말했다.

"와! 저거 봐!"

계단을 따라 내려가니 바위 위에 있는 절이 보였다. 바다와 어우러지는 절의 자태가 멋있었다. 바위와 맑은 바다가 함께 어우러져 장관을 이루었다.

"어?"

주변을 둘러보던 고심이는 순간 놀라서 소리칠 뻔 했다. 타자기를 가져왔던 할아버지를 본 것이다.

"이리 따라와 봐."

"왜?"

"그 할아버지야."

"뭐라고?"

"조용히 따라와. 할아버지가 또 사라지면 어떡해."

"귀신 아니니?"

할아버지는 무서운 속도로 어딘가로 올라가셨다.

"저기는 길이 아닌데."

"그래도 따라가야지."

기사 아저씨는 바위에 앉아 쉬고 있었다. 다섯 명의 친구들은 기사 아저씨의 눈을 피해 할아버지를 뒤따랐다. 심이와 아름이는 할아버지의 속도에 맞춰 빠르게 걸었고, 다른 친구들은 저 뒤에서 숨이 가쁘게 뒤따라오고 있었다.

"이거 봐."

"행복한 기억을 파는 곳?"

"그러게. 할아버지가 있는 곳이 맞나 봐. 우아! 어떻게 여기서 마주치지?"

"일단 들어가자."

"그렇지. 문 연다."

고심이는 조심스럽게 나무로 된 문을 열었다. 할아버지가 불상 앞에서 열심히 절을 하고 있었다. 우리는 할아버지를 말없이 쳐다보았고, 엎드려 있던 할아버지는 "왔구나."라고 말했다.

"저희인지 어떻게 아셨어요?"

"생각보다 시간이 오래 걸렸구나."

안에는 영롱한 빛을 내는 호리병들이 불상 앞에 나란히 놓여 있었다.

"어, 이건?"

"할아버지! 당장 우리에게 가져간 행복한 기억을 내놓으세요!"

뒤늦게 쫓아온 민희가 호리병 쪽으로 손을 뻗으며 말했다.

"손대지 말거라."

할아버지의 목소리가 너무나 근엄해서 아무도 손을 대지 못했다.

"할아버지 그렇게 가시면 어떡해요? 저랑 한 약속은 뭐가 돼요?"

"한번 빼낸 행복한 기억은 다시 넣을 수 없단다."

"그게 무슨 말이에요."

"너희는 두 가지 생각을 하면서 호리병에 숨을 불어넣었지 않았느냐."

"예?"

"'이게 정말 사실이겠어' 의심하면서 '어차피 나한테는 행복한 기억이 많지 않으니까' 하고 생각했지 않니?"

다섯 명의 친구들은 아무런 말도 하지 못했다. 할아버지의 말이 사실이었기 때문이다.

"그, 그럼 할아버지는 사람들의 기억을 가져가서 도대체 뭐하시려고요? 왜 이렇게 사람들을 힘들게 하세요?"

불상 앞에 놓인 호리병은 총 네 개였다.

"왜 네 개밖에 없어요? 하나는 어디 있어요?"

할아버지는 조용히 불상을 손으로 가리켰다. 얌전히 모은 불상의 두 손 위에는 호리병이 하나 놓여 있었다. 그리고 그곳과 평행으로 연결된 곳에 창문이 하나 있었다. 호리병 안에서는 빛이 새어 나와 창문 밖에 있는 바다를 비추었다. 그 광경이 멋있다 못해 엄숙하게 느껴져서 다섯 명의 친구들은 멍하니 바라보고만 있었다.

"지금…… 저 빛은 뭐예요?"

"사람들을 따뜻하게 해 주는 빛이지."

빛은 바다에 반사되어 하늘 위로 올라갔고, 하늘에 반사된 빛은 다시 바다로 내려오고 있었다. 그렇게 빛이 온 세상으로 퍼지고 있었다.

"사람들의 행복한 기억은 이렇게도 위대하단다. 한 사람의 행복이 수많은 사람을 따뜻하게 해 주지."

"그러면 뭐해요. 저희들은 우울하단 말이에요." 진리가 울먹이면서 말했다.

"너희가 잃은 행복한 기억 안에 무엇이 들었는지 몰랐지 않았니?"

"모르니까 문제죠. 그러니까 우울한 거고요."

"금은보화가 쉴 새 없이 나오는 항아리인 화수분은 세상에 없단다. 하지만 행복한 기억이 화수분처럼 끊임없이 쏟아져 나오게 할 수는 있단다."

"무슨 말이에요?"

"현재의 삶에서 행복을 찾으려는 노력만으로도 너희들이 잃어버린 행복한 기억들을 다시 메울 수 있다는 거지. 여기까지 왔으니 선물을 하나 주마."

할아버지는 호리병을 하나 들고 구석으로 걸어갔다. 할아버지를 따라가니 그곳에 방이 있었다.

"자, 여기 앉아라."

다섯 명의 친구들은 영화관처럼 커다란 화면 앞에 놓여 있는 소파에 앉았다. 소파 근처에는 호리병 크기만 한 구멍이 있는 기계가 놓여 있었다. 할아버지는 그 구멍에 호리병을 넣어서 기계를 작동했다. '딱' 소리가 경쾌하게 들리면서 마치 영화를 상영하듯 화면에 영상이 비치기 시작했다.

우리들의 행복했던 시간

화면에 아기가 보였다.
"저 아기 잘 보면 심이 닮지 않았어?"
"그런 거 같아."

고심

아기가 자지러지게 울자 엄마는 아기를 안고 자장가를 부른다. 아
빠는 퇴근해서 자고 있는 아기를 안아 올린다.
"아이가 깨면 어쩌려고 이래요."
그때 아기가 울기 시작한다.

"누구를 닮아서 이렇게 예민한지 모르겠어."

엄마의 말에 고심이 아빠는 아무 말없이 웃고만 있다.

"잘 기억이 나지는 않지만, 엄마와 아빠에게도 저런 시절이 있었겠지."

고심이는 화면에 비친 자신의 어린 시절을 마치 영화를 감상하듯 보았다.

엄마가 끓인 김치찌개 냄새가 방 안을 가득 채운다.

"우리 심이 이제 김치도 먹네!"

엄마가 좋아하며 심이 밥그릇 위에 김치를 올려놓는다.

"엄마, 아빠는 어디 갔어?"

"아빠는 바빠서 오늘 못 들어오신대."

그때 갑자기 벨 소리가 들린다. '딩동!'

"누구세요?"

"치킨 배달 왔습니다!"

고심이 아빠이다.

"여보! 오늘 못 들어온다더니."

"심이가 어제 치킨 먹고 싶다 캐서 이기 갖다 주고 다시 작업장 갈라꼬"

"와! 치킨이다!"

"그렇게 바쁘다더니 또 여기까지 왔어요."

그렇다. 아빠는 어릴 때부터 내가 먹고 싶다면 아무리 바빠도 꼭 사 왔다. 그것은 지금도 마찬가지다. 최근에는 아빠가 힘들어할까 봐 먹고 싶어도 말하지 않았다. 하지만 내가 치킨 귀신이라는 것을 잘 아는 아빠는 치킨만큼은 한 달에 한 번 꼭 사 온다. 나도 모르게 그날을 기다리는 것도 사실이다.

곧 고심이 입학식이라 아빠는 책가방을 사서 집에 들어온다.
"아빠, 이거 어때?"
"까리하다. 니 엄마한테도 보여 주면 좋았을낀데. 심이 니 입학식에 엄마 온다고 했으니께 맘 단디하고 기다려라. 또 징징 짜지 말고."
"정말?"
다음 날 학교에 가니 반과 이름이 적힌 종이가 큰 게시판에 붙어 있다. 1학년 3반 교실에 들어가니 예쁜 청바지와 어른 같은 와이셔츠를 입은 남자애가 있다. 이름표에 '하영우' 라고 적혀 있다. 영우와 짝이 되었다. 하얗고 귀엽게 생겼다. 심이는 엄마가 언제 오나 하고 기다렸지만 결국 그날은 보지 못했다. 그때 저 멀리 운동장 뒤에 눈에 익은 사람이 보인다.

"어? 엄마다. 엄마가 내 입학식에 왔었어?"

그날 한눈에 좋아하게 된 영우와 짝이 되어서 기뻤었다. 하지만 엄마가 보이지 않아서 한편으로는 얼마나 슬펐는지 모른다. 어린 나이였지만 혹시라도 아빠가 슬퍼할까 봐 내색하지 않으려 애썼다. 아빠도 엄마가 올 것이라고 기대를 하고 있었는지 많이 실망한 눈치였다.

그런데 사실은 저렇게 뒤에서 나를 보고 있었다니……

'도대체! 왜! 숨어서 나타나지 못하셨던 거예요!'

고심이는 친구들과 운동장에서 고무줄놀이를 한다.

"심이를 뛰어넘을 애가 없다니까!"

고심이의 고무줄 실력을 부러워하며 서로 고심이와 같은 팀이 되겠다고 아우성이다. 한 단계 한 단계 올라가면서 고무줄이 높이 올라간다. 친구들이 고무줄을 목에 건다.

"심이야, 괜찮아?"

다리를 높이 올리다가 그만 넘어진 고심이의 손과 무릎에서는 피가 흘러나온다. 그때 옆에 있던 친구가 고심이를 일으켜 세워 보건실로 데려간다. 그런데 저기 뒤에서 또 고심이 엄마 얼굴이 보인다. 엄마는 고심이를 보면서 울고만 있다.

'뭐야. 엄마는 계속 나를 바라보고 있었던 거야? 왜 눈앞에 안

나타나고 저러고 있었냐고?'

　지금도 남아 있는 흉터를 볼 때마다 짜증이 났다. 그리고 그 짜증 때문에 보건실에 데려다준 친구도 잊고 있었다. 엄마가 나를 보면서 걱정을 했었다는 생각은 당연히 하지도, 할 수도 없었다.

　친구들끼리 모여서 김밥을 먹고 있다. 아마도 초등학교 5학년 때인 것 같다. 놀이공원에 가서 놀이기구를 타고, 동물을 구경하고, 마지막으로 공원에서 점심을 먹고 자유 시간을 보낸 소풍날이다.
　"야, 심이 김밥 완전 맛있어."
　내 옆에 있던 입맛 까다롭기로 소문 난 친구가 이렇게 말하자 친구들이 너도나도 하나만 달라고 한다.

　아빠가 새벽부터 일어나 싸 주었던 김밥이 생각났다. 일찍 사춘기가 왔었던지 6학년부터는 아빠가 도시락을 싸 주는 것이 싫었다. 그래서 도시락이고 뭐고 싸지 말라고 소리를 지르면서 김밥집에서 사 갔다.

　'아빠가 김밥도 맛있게 싸 주셨는데…….'

　이후로도 고심이의 행복한 기억들이 지나갔다. 할아버지가 기계에서 호리병을 꺼냈다. 이번에는 다른 호리병을 구멍에 넣었다. 다섯 명의 친구들은 숨죽이고 화면을 바라보고 있었다. 또 아기가 나왔다. 그때 누군가 소리쳤다.

"안 돼!"

"뭐야?"

다른 친구들이 물었다. 건희는 자신의 진짜 모습이 친구들에게 알려지는 것이 죽기보다 싫었다.

"건희야, 네 상처를 함께 나누는 게 치유하는 과정이란다. 친구들과 함께 보는 게 싫으니?"

"네. 할아버지 싫어요."

건희는 울면서 대답했다.

"그러면 너도 다른 친구들의 호리병을 보지 않는 것으로 하자."

고심이는 건희가 왜 저러는지 알았지만 아무 말도 하지 않았다. 다른 친구들의 것을 보지 못하면 친구들과 어떤 것도 공유할 수 없지 않을까? 건희도 그동안 참 힘들었다.

"그냥 같이 볼래요."

"그래. 알았다."

할아버지는 기계를 다시 작동했다.

왕건희

"아기 이름을 뭐로 지을까?"

"우리의 '건강한 희망' 이라는 뜻에서 건희라고 지을까?"

"좋아."

"어쩜 이렇게 귀여울까?"

"그러니까. 이렇게 귀여운 아이를 낳아 주어서 고마워. 아직 어리고 능력도 없지만 빨리 대학 졸업해서 돈 벌어 당신이랑 건희 잘 책임 질게."

한 번도 얼굴을 보지 못한 내 친아빠였다.

'나도 저렇게 환영받으면서 태어났구나. 그랬구나.'

"이번에 빵집에 취직했어. 알바비 받으면 건희 신발도 하나 사자."

"응. 건희가 걷기 시작했으니 신발이 필요해. 그런데 나도 돈을 벌 어야 할 텐데……."

"아직은 아니야. 건희를 돌보아 줄 사람도 없잖아."

"당신 부모님께 연락드려야 하지 않을까? 나야 원래 부모님이 없 어서 상관없지만 당신은 나랑 건희 때문에 부모님과 연락을 끊고 살잖아. 당신 부모님께 너무 불효인 것 같아. 내가 자식 키워 보니 까 그 마음을 알 것 같아."

건희 엄마가 울면서 말한다.

"아니야. 우리 부모님 내가 이렇게 사는 거 알면 너랑 건희 버리 고 나만 데려가겠지. 자기 핏줄이 당기면 건희까지도 데려갈 거

야. 그러고도 남을 사람들이야. 그러면 건희 엄마, 넌 어떻게 살 건
데? 우리 부모님께 절대로 연락하면 안 돼."

그때 건희가 운다.

"우리 건희, 아빠가 어디 갈까 봐 우는구나. 아이고 우리 딸 걱정
하지마. 아빠는 어디 안 갈 테니까."

나는 지금까지 엄마에게 아빠 이야기를 제대로 들어 본 적 없
다. 막연히 나와 엄마를 버린 무책임하고 비겁한 사람이라고만 생
각했다. 그런데 아니었다. 아빠는 부잣집 아들이었다. 고등학교
때 엄마와 사고를 쳤고, 책임지려고 부모님과 연을 끊었다. 그리
고 제빵 기술을 익혀 빵집에서 알바를 하면서 엄마와 나를 책임지
고 있었던 것이다. 행복한 기억만 가져간다면서 왜 이런 기억을
보여 주는 거지?

"건희야, 오늘은 아빠가 일하는 빵집에 가 볼까?"

앳된 얼굴의 엄마가 건희를 안고 한 빵집으로 들어간다.

"여보."

"어? 웬일이야? 건희 데리고 오기 힘들었을 텐데."

"건희가 아빠 보고 싶대서 왔어."

"우리 건희."

아빠는 건희를 꼭 껴안는다.

"일은 힘들지 않아?"

"그럼. 당연히 안 힘들지."

아빠는 빵과 쿠키를 비닐봉지에 담아서 엄마 손에 쥐어 준다.

"집에 가서 건희랑 쉬고 있어."

아빠가 근무하는 빵집이 왠지 익숙했다. 빵집을 나오니 주변이 보였다.

'어? 엄마가 재혼하기 전에 일했던 빵집이잖아?'

엄마는 집에 없고 아빠가 나를 보살피고 있다. 그때 갑자기 문이 열리더니 한 할머니가 들어와서 아빠에게 소리친다.

"너 여기서 뭐하는 거니? 너를 얼마나 찾았는지 알아? 너 이러고 살라고 지극정성으로 키운지 아니? 당장 집으로 들어와!"

"안 돼요! 건희 놓아두고 어떻게 가요?"

"그러게 왜 돼먹지 못한 애랑 사귀어 애까지 낳아? 네 혼처는 이미 정해져 있다. 아빠 사업상 그 결혼은 반드시 해야 한다. 내가 어떻게든 처리할 테니 너는 집으로 가 있어."

그러고는 조폭처럼 덩치 큰 사람이 아빠를 데려간다.

나는 혼자서 울고 있다. 한참 후에 엄마가 돌아와서는 나를 꼭 안아 준다.

"건희야, 울지마. 아빠는 반드시 다시 올 거야."

"나한테는 저런 기억이 없다고요!"

"당연하지. 저 기억은 네가 겨우 2살 때니까."

옆에서 고심이가 말했다.

"네가 어떻게 알아?"

"저기 아래에 연도가 나오니까."

정말이었다.

"이 돈이면 집 구하는 데 충분할 거다. 우리 아들은 결혼해서 미국으로 유학을 갔으니 기다리지 마. 애는 차라리 입양 보내면 어떻겠니? 너도 어린데 새 출발하는 게 낫지 않겠어?"

"어머니, 어떻게 그런 말씀을 하세요?"

"내가 왜 네 어머니야? 너도 잘 생각해서 결정해라."

할머니는 돈 봉투를 주고 떠난다.

"건희야, 엄마는 절대 널 버리지 않을 거야. 둘이서 같이 아빠를 기다리자."

그때부터 엄마는 나를 어린이집에 보내고는 아빠가 일하던 빵집에서 일을 시작했다. 혹시나 다시 찾아온 아빠가 나와 엄마를 못 찾을까 봐 말이다.

'그래서 엄마가 그 빵집에서 계속 일했던 거구나.'

나중에 한참이 지나서 엄마에게 아빠는 미국에서 교통사고로 돌아가셨다고 들었다.

한 여섯 살쯤 엄마에게 물었다.

"엄마, 아빠는 어디 있어?"

"하늘나라에 갔어."

나는 크면서 아빠가 나를 버리고 갔다고 생각했다. 그래서 엄마가 거짓말을 한다고 생각했다.

'아빠는 나와 함께하려고 노력했구나. 나를 버리지 않았어. 나는 아빠에게 사랑받았어.'

그렇게 진리, 민희, 아름이의 행복한 기억이 담긴 호리병도 차례로 구멍에 끼워졌다. 마치 다섯 편의 영화를 본 듯했다.

"누구에게나 행복한 기억은 있단다. 잊어버렸지만 모두 사랑받는 존재였지. 사람이 태어난 데는 다 이유가 있기 때문에 이 세상에 태어났다는 것만으로도 그 사람은 위대하지. 혹시라도 현재 불행하고 사랑받지 못하고 힘들게 느껴지더라도 행복한 기억들을 떠올려 보렴. 누구에게나 행복한 기억 하나쯤은 있단다. 그러다 보면 너희들이 왜 이 세상에 태어났는지 알 수 있을 테니까. 너희들이 떠올린 행복한 기억이 세상을 따뜻하게 할 테고, 따뜻한 세상에서 너희들 역시 따뜻한 어른으로 자라날 수 있을 거야."

우리는 '행복한 기억을 파는 곳'이라고 적힌 절을 나왔다.

"너희들 도대체 어디 갔었니? 얼마나 찾은 줄 알아?"

기사 아저씨가 당황한 표정으로 우리를 바라보았다.

"죄송해요. 아저씨."

우리는 서로 마주 보며 웃었다.

행복을 파는 수상한 고물상

"민희야, 어제 우리 아빠가 나한테 뭐라고 하셨게?"

"······"

"'진리 성적이 쑥쑥 오르니 기분이 참 좋구나. 열심히 하는 모습이 참 보기 좋아. 아빠도 집에 일찍 들어와서 진리 공부하는 것도 좀 봐주고 그래야겠어. 그동안 너무 관심이 없었지?' 이러시더라고. 다 민희 네 덕분이야."

"에이, 내가 뭐 한 게 있다고."

민희와 진리가 이야기를 하는 곳으로 심이, 아름이, 건희가 몰려왔다.

"다들 집에 가서 푹 쉬었어?"

"응. 여행하고 오니까 너무 좋다."

"그러니까. 건희 덕분이야. 여행 가서 정말 좋았던 것 같아."

"다섯 명 다 모였다!"

"너 지금 행복해?" 건희가 민희에게 물었다.

"뜬금없이 뭔 소리야."

"그냥."

"음. 사실 행복하다는 게 뭔지 잘 모르겠어. 좋은 대학에 가면 행복해질 거라고 하지만 우리 아빠를 보면 꼭 그런 것도 아닌 듯해. 지금 이렇게 너희들과 이야기를 할 수 있고 여행도 갈 수 있다는 게 행복이 아닐까?"

나머지 친구들은 '이거 좀 감동인데?' 하는 표정으로 민희를 쳐다보았다.

"아름이 너는?" 건희가 아름이에게 물었다.

"나도 마찬가지야. 연예인으로 데뷔해서 인기를 얻어야 행복하다면 어쩌면 평생 행복할 수 없을지도 모르잖아. 지금은 운동하면서 예쁜 몸을 만들어 가는 것도 행복이고, 부모님이 나를 응원해 주시는 것도 행복이고, 희진이와 잘 지내는 것도 행복이라고 생각해."

"진리 너는?"

"나는 수업을 열심히 듣고 있는 게 행복. 스스로가 기특하다고 해야 할까?"

"나에게 행복이 뭐겠니? 먹는 거지! 맛있는 것을 먹을 수 있다는 게 행복이야. 살이 찔까 봐 먹으면서도 스트레스를 받았는데, 이제는 즐겁게 먹으려고 해. 물론 운동하는 즐거움도 점점 찾고 있어." 민희가 말했다.

"오!"

"심이 너는?"

"나한테는 행복을 찾는 일이 정말 힘들어. 그런데 할아버지를 만나고 나서 열심히 찾아보려고 하니까 나에게도 행복한 일이 많더라고. 우선 아빠가 매일 아침 나에게 인사해 주는 것, 수상한 고물상 이후로 우리 고물상이 잘되는 것, 내 성적이 조금 오른 것, 엄마가 나를 잊지 않고 계속 찾아왔다는 사실을 알게 된 것. 이 모든 것이 내 행복이야."

"건희 너는? 우리한테 물어보았으니까 너도 한 번 말해 봐. 너는 네 이야기를 잘 안 하더라."

"음…… 나는 엄마가 살아 계셔서 너무 행복해. 그동안 많이 아프셨으니까. 비록 친아빠는 아니지만 그래도 내쫓지 않고 키워 주시니까 고마워. 또 친오빠는 아니지만 똑똑한 오빠가 있어서 부럽다고 친구들이 말하면 자랑스럽기도 해. 엄마가 구워 주시는 쿠키를 먹을 수 있어서 행복하지. 무엇보다도 친아빠가 나를 지키려고 노력했다는 사실을 알아서 가장 행복해. 남자 친구는 없지만 짝사랑하는 남자애가 있다는 것도 행복하고 말이지."

"오! 그게 누군데?" 민희가 물었다.

"그건 말하기가……."

"에이, 우리 사이에 이러기야. 우리가 연결시켜 줄게. 왕건희의 행복을 위해서!"

"아냐. 공부할 거야. 남자한테 관심 두지 않을 거야."

"그래. 악수하자." 민희가 손을 내밀었다.

"무슨 악수?"

"우리 공부에서 선의의 경쟁을 하자고."

건희는 기분 좋게 민희의 손을 잡았다.

"우리 지금부터 행복한 기억을 많이 만들어 나가자."

"상황은 변한 게 하나도 없는데 어떻게 더 만들지?" 건희가 말했다.

"역시 부정적인 건희다!"

"상황은 변한 게 없지만 생각은 변했잖아. 행복하다고 생각하는 것들의 범위를 넓혀야지. 이렇게 친구들과 이야기할 수 있다는 것 자체가 행복이지. 따돌림 당해 보지 않은 너희들은 모를 거다."

"야, 1관 입장하래! 들어가자!"

다섯 명의 친구들은 나란히 앉아 웃으면서 영화를 보았다. 웃음소리는 유난히도 컸고 표정은 유난히도 밝았다. 영화가 재미있어서인지, 작지만 큰 행복을 느끼는 법을 깨달았기 때문인지는 잘 모르겠다.

수상한 고물상은 정말로 수상했다.

고물상을 다녀간 친구들이 모두 행복을 느끼게 되었기 때문이다.